ENSAIOS DE DESPEDIDA

ELISAMA SANTOS

ENSAIOS DE DESPEDIDA

2ª edição

EDITORA RECORD
RIO DE JANEIRO • SÃO PAULO
2025

CIP-BRASIL. CATALOGAÇÃO NA PUBLICAÇÃO
SINDICATO NACIONAL DOS EDITORES DE LIVROS, RJ

S234e   Santos, Elisama, 1985-
   Ensaios de despedida / Elisama Santos. - 2. ed. - Rio de
Janeiro : Record, 2025.
   21 cm.

   ISBN 978-85-01-92331-8

   1. Romance brasileiro. I. Título.

24-94692
CDD: 869.3
CDU: 82-31(81)

Meri Gleice Rodrigues de Souza - Bibliotecária - CRB-7/6439

Copyright © Elisama Santos, 2025

Todos os direitos reservados. É proibido reproduzir, armazenar ou transmitir partes deste livro, através de quaisquer meios, sem prévia autorização por escrito.

Este livro foi revisado segundo o Acordo Ortográfico da Língua Portuguesa de 1990.

Direitos desta edição adquiridos pela
EDITORA RECORD LTDA.
Rua Argentina, 171 – Rio de Janeiro, RJ – 20921-380 –
Tel.: (21) 2585-2000.

Impresso no Brasil

ISBN 978-85-01-92331-8

Seja um leitor preferencial Record.

Cadastre-se no site www.record.com.br
e receba informações sobre nossos
lançamentos e nossas promoções.

Atendimento e venda direta ao leitor:
sac@record.com.br

*Aos meus filhos, Miguel e Helena,
por me apresentarem a novas versões de mim.*

*À Helena, que não esqueça jamais:
sustenta seu desejo, filha!*

"Você só é livre quando percebe que
não pertence a lugar nenhum –
você pertence a todos os lugares."

MAYA ANGELOU

Quinta-feira, 18 de abril de 2002.

Talvez você nunca leia esta carta, minha filha. Talvez seu pai a encontre antes de você e, transbordando da hipocrisia que lhe é característica, a rasgue, entre palavrões, sem nunca a entregar. Ele pensaria que é uma boa forma de me castigar, de me roubar a oportunidade de falar de mim. Deixaria a minha partida como um ato louco, desvairado, injustificável e, portanto, imperdoável. Daria à sua mente o espaço para criar motivos, e você me odiaria. A quem quero enganar, Maria Izabel? Você vai me odiar, e isso é mais que expectativa, é fato. Uma mãe que vai embora é odiável, não há nada que mude isso. Penso que te escrevo para que esse ódio seja compartilhado, repartido, como deveria ser esse ofício de ter filhos. Quero, de toda a raiva e mágoa que irá sentir, apenas o meu quinhão, nem um tanto a mais.

Pode ser que seja você mesma a encontrar este papel na gaveta da cômoda ao lado da sua cama e o destrua em pedacinhos, sem ler. Que desmanche as minhas letras com lágrimas de indignação enquanto me xinga. Talvez seja você quem me roube o direito de narrar os meus motivos. Filhos volta e meia fazem isso com a gente, nos tiram o direito de termos razões só nossas, de fazermos algo porque queremos, independentemente de deixá-los felizes. Quem liga para a minha felicidade, Maria Izabel? Eu decidi me importar com ela, e me sinto ridícula e irresponsável por isso. Mas você ama o seu pai, mesmo depois de tudo que ele fez, então vai conseguir ser feliz nessa vida sem mim. Quem é feliz de verdade? Por que estou aqui, falando de felicidade, se não acredito que uma vida feliz realmente exista? Felicidade é o intervalo entre uma tristeza e outra, uma decepção e um abandono, uma frustração e um desamparo. Ela é o ar que enche os pulmões até a próxima onda. Espero que não te falte ar, minha filha. Pode não parecer, mas eu te amo, e se eu estiver errada, se a vida for mais felicidade que tristeza, que os períodos de dor em sua existência sejam breves.

 Não é você que abandono. É a mim que eu estou abandonando, quem sou quando acordo e caminho, ainda de pijama, em direção à cozinha para preparar o café que não tomo. Eu nunca gostei de tomar café da manhã, você sabe disso. Não sinto fome quando acordo. Mas nos últimos vinte anos eu fatiei pães e passei manteiga e coloquei na chapa. Aqueci água para preparar um café coado, do jeito que o seu pai gosta e que você, na ausência dele, aprendeu a gostar também. Depois do que ele fez, eu parei de beber café, mesmo em outros horários do dia. A náusea que o aroma me despertava no começo da manhã se estendeu para o resto das horas. Passei a odiar café como odeio o seu pai. Nem coado, nem expresso, nem qualquer outro jeito que inventem de prepará-lo, o café não me engana, é sempre café. Não importa o quanto seu pai tente ser gentil, educado, preocupado com a dor de cabeça que sinto todas as noites. Ele ainda é ele. Sinto o cheiro de egoísmo com cigarro. Sim, ele ainda fuma, mesmo que minta afirmando que parou. O gosto de cigarro fica em minha boca quando ele me dá um beijo falso ao chegar do trabalho. Cigarro com Trident de canela. Enjoei do gosto de Trident de canela também. Desculpe o devaneio, tento ser breve, direta e concisa nesta carta, mas os motivos para ir embora não são lógicos e diretos. Eles se espalham pela casa e pela vida, fazem curvas nas histórias que quero esquecer, brotam como o capim que eu arranco do jardim, mas insiste em nascer novamente. Não consigo ser mais objetiva. Eu queria poupar você dos detalhes, do meu cansaço, do desânimo que sinto quando estaciono na garagem e lembro que preciso manter a vida de todos vocês funcionando. Queria não te contar do Trident de canela, do cigarro, do meu ranço do seu pai e do café. Queria que você seguisse acreditando que ele vale votos e mais votos de confiança. Mas as palavras estão saindo de mim, elas querem ir para o papel, querem existir, do jeito delas.

Estou elaborando a minha saída faz mais ou menos seis meses. Não sou impulsiva, sou firme feito uma rocha, você também sabe disso. Mas cansei de ser a certeza, de ser quem não precisa ser amada porque sempre está presente. Às vezes acho que a gente ama mais na ausência. A falta nos aproxima da pessoa que idealizamos. A memória faz esquecer detalhes irritantes, troca as informações, o dia de chuva vira dia de sol, a voz esganiçada vira canção bem entoada, a saudade toma o espaço do rancor. A gente prefere quem a gente ama brigando, reclamando e doendo, mas perto da gente. Acho que a distância nos fará bem, a todos. Seu pai será paparicado por toda a família, ganhará apoio mesmo sem pedir, receberá lasanha pronta pra não ter o trabalho de preparar. Suas tias e avós vão se oferecer para ficar com você, mesmo que você já tenha dezoito anos e não precise de babás. Elas farão isso de bom grado. E você, você se livrará das minhas cobranças, do meu perfume doce demais, do meu desejo de cuidado marcando ginecologista e invadindo os seus espaços. E você sentirá saudades de mim, e os seus olhos vão encher de lágrimas quando alguém passar pela rua com o meu perfume. Você vai me amar mais, porque a minha versão imaginária será mais fácil de amar.

Eu iria embora na semana passada, quando você decidiu passar o final de semana na casa da Catarina. Seu pai viajou para uma conferência no Rio de Janeiro e eu teria tempo para arrumar as minhas malas e partir. Difícil decidir o que levar, como reduzir quarenta e dois anos a apenas duas malas? Arrumei as minhas coisas, peguei algumas poucas roupas, sapatos, calcinhas e sutiãs. Coloquei três livros na bagagem e, talvez, depois de te deixar, essa tenha sido a decisão mais difícil da minha vida. Eu amo os livros, tenho orgulho da biblioteca que se forma em nossa estante. Quando recebi o meu primeiro salário, ainda como estagiária no escritório, comprei um livro: *A cor púrpura*. Você já me ouviu contar isso, já me viu falar da felicidade de tocá-lo e de saber que fui eu quem o comprou. Eu não o coloquei na mala, você percebeu? Deixei para você. Quem sabe um dia, se você tiver filhos, possa dar de presente para eles e falar que foi da vovó, aquela que foi embora e nunca mais voltou? Te deixei também o vestido azul, aquele que sei que você gosta. Me pergunto se vai usá-lo algum dia, ou se vai picotá-lo com uma tesoura. Enfim, naquele dia eu acordei cedo, como sempre. Não comi nada, não enjoei com cheiro de café. Estava calma, lúcida e decidida. Pus as malas na porta e passei no seu quarto para me despedir. Lembrei da época em que ele era pintado de amarelo, com bichinhos desenhados pelas paredes. A cortina azul-clara combinava tão bem com a sua personalidade. Não sei dizer quando você entrou em casa decidida e me pediu que pintasse tudo de vermelho. Eu ri. Quem conseguiria ter paz em um quarto vermelho, Izabel? Onde já se viu? Entramos em acordo pelo branco. Um pouco depois os pôsteres de bandas insuportavelmente barulhentas tomaram o quarto e ele foi ficando mais hostil a mim. Seu quarto estava milagrosamente organizado. A cama de casal arrumada, o closet sem jeans e All Stars espalhados. Não tropecei em nada. Reconheço cada vez menos as suas roupas e o seu jeito. Tudo parece estranho quando os filhos crescem, quando a gente deixa de escolher como estarão no mundo. Como você se vestiria aos dois anos se pudesse escolher? Será que faria as trancinhas que sempre fiz, ou deixaria o black solto e rebelde, como faz agora? Que escolha me livraria das acusações de "Mãe, como você fez isso?", "Mãe, como você deixou aquilo?".

O seu ursinho me julgou e eu desfiz as malas. Comprei aquele urso quando descobri a gravidez, e você dormiu com ele até os onze anos, quando decidiu que já estava crescida demais para bichos de pelúcia. Onze, lembra disso? Desde quando a gente não é mais criança aos onze? Você não dormia sem o Tontom. Quando tinha três anos passamos as férias na casa da sua avó e, assim que chegamos, percebemos que havíamos esquecido o urso. Torcemos para que você não notasse. Ficamos tensos até o final do dia. Quando você deitou na cama e não viu o Tontom chorou inconsolavelmente, por horas. Um choro doído, esganiçado. Chegou a vomitar de tanto chorar. Adormeceu exausta, deitada no chão, recusando a aproximação de quem quer que fosse. Era o urso ou nada. Seu pai viajou por seis horas no dia seguinte para buscar o Tontom. Me culpou pelo esquecimento, disse que eu é que tinha arrumado a mala e organizado as coisas, e foi a certeza de que eu pegaria tudo que fez com que ele não se preocupasse em trazê-lo. Acredita nisso? Eu disse que tínhamos a opção de ir embora, de deixar a casa da mãe dele naquele mesmo instante. Ele foi, muito a contragosto, na companhia do seu tio. Na volta, pararam em um bar, jantaram e jogaram sinuca até as dez da noite. Você dormia às oito. Quando entraram em casa, você pulou do meu colo, correu para os braços dele, agradeceu, gritou que amava o papai, que o papai era o melhor papai do mundo. Era sempre assim, eu corria, fazia todo o meio de campo, mas seu pai é que marcava o gol e era ovacionado pela torcida. Eu não sabia que você ainda guardava o Tontom, jurava que ele tinha ido em uma das várias levas de doação de brinquedos que fizemos ao longo da vida, mas lá estava ele, com os olhos escuros mirando os meus. Tontom me dizia que você não iria dormir, porque ninguém iria me buscar, e você choraria e choraria sozinha no chão, até vomitar, até desmaiar de exaustão.

Tontom me olhando no seu quarto, você chorando cercada pelas bandas barulhentas, tudo misturado, eu desfiz as malas. Guardei todas as roupas e os sapatos, devolvi os livros para a estante, para o lugar onde sempre estiveram, para que vocês não notassem. Como se vocês soubessem que lugar era esse! Vocês não sabem, não se importam e isso me irrita. Você tem dezoito anos, acabou de passar no vestibular, está mais preocupada com a prova de habilidades médicas I e com o vestido que vai usar amanhã à noite do que comigo ou com os livros organizados. Eu também já fui assim. Também já me preocupei mais com a prova de introdução ao estudo do direito e com a roupa que usaria para ir à missa de domingo – era o mais próximo a uma festa que o seu avô me deixava ir. Pode não parecer, mas não guardo rancor de você. Já disse e repito, não abandono você, abandono essa minha versão interrompida, mal-acabada. Eu quero mais.

Achei que tinha desistido, mas desisti de desistir. Cansei da minha covardia, refiz o plano de viver uma vida longe daqui. Quero descobrir do que gosto, sem pensar em você e em seu pai. Quero descobrir como é viver sem a obrigação de ser a mulher que todos esperam que eu seja. Quero parar de alisar os meus cabelos e passar a cortá-los absurdamente curtos. Quero inventar histórias sobre mim para pessoas que não me conhecem. Quero viver o que não vivi. Me sinto boba em falar que quero beijar outras bocas, mas eu quero. Você sabia que quando conheci o seu pai eu era BV, como as suas amigas falavam? Você acha justo, minha filha, que eu não tenha provado quase nada da vida? Que durma e acorde, há anos, desejando saber como é que se vive de verdade? A vida não pode ser só isso. Não pode. Eu decidi que não pode. Por isso vou partir. Não sei o que você vai contar para as pessoas. Não sei se vai falar a verdade, que a minha vida me sufocava, que achei que seria mais amada na falta do que na presença, que só queria prolongar os intervalos entre uma dor e outra e por isso decidi ir embora; ou se vai inventar uma história qualquer. Se vai dizer que morri, que engasguei num almoço de domingo, que fugi com uma mulher parecida com a Viola Davis – particularmente gosto dessa última versão, amo a Viola, você sabe.

Comecei a carta acreditando que te daria conselhos profundos, que fariam com que você me compreendesse, mas agora encerro percebendo que não tenho sabedoria alguma para deixar, estou abandonando a família que tanto sofri para construir. Sou insana, por mais que minta dizendo que não. Meus motivos são ridículos, mas são meus, são o que tenho de mais profundo e eu não vou abandoná-los.

Te amo, minha filha. Quero estar errada sobre a inexistência da felicidade. Quem sabe um dia eu volte, te conte o que descobri, e você me perdoe e me ame também. Quem sabe...

Beijos,
Sua mãe, Cristina.

P.S.: Deixei seu empadão de frango preferido na geladeira, basta esquentar. Anotei a receita do pudim e do bolo de chocolate no caderno de receitas ao lado da minha cama. O segredo do pudim lisinho não é amor, é bater na mão, nada de liquidificador, para não encher daqueles malditos furinhos.

A lista dos remédios que você toma quando sente dor de cabeça e febre está em um papel na agenda de telefones. Aproveitei e coloquei o nome dos remédios para dor de garganta e para dor de ouvido. Anotei a receita do chá que alivia a dor de estômago também. A bolsa quente para aliviar as cólicas está no meu armário, não esqueça de usar. Seu pai nunca reparou onde estava nada disso e não vai notar a sua dor. Se precisar de ajuda, peça. Qualquer coisa, liga para a sua tia. Ela vai me odiar, mas vai te apoiar mesmo assim.

Segunda-feira, 27 de junho de 2005.

Resolvi anexar a carta anterior a esta. Não sou mais a mesma mulher que a escreveu, mas ela merece ser ouvida mesmo assim, não acha? Creio ser justo que você leia a primeira carta e perceba que a vontade de ir é antiga e que tenho ficado mesmo assim. Não seria isso uma prova de amor, Maria Izabel? Eu já te contei por que seu nome é escrito com Z e não com S? Por pura teimosia minha. Um desejo de ser diferente, um pequeno gesto de autonomia. Sua avó sempre achou Maria Isabel um lindo nome e o seu pai concordava. Quando engravidei, decidiram por mim que esse seria o seu nome e eu acatei, como sempre. Quando seu pai foi ao cartório, avisei que queria que fosse escrito com Z. Inicialmente ele pensou ser erro de escrita, pegou o livro *A casa dos espíritos* e me mostrou o S no nome de Isabel Allende. É claro que eu sabia que o nome dela era escrito com S. Tive vontade de xingá-lo por tentar corrigir a grafia que eu tinha escolhido, mas eu não falo palavrões, você sabe. Então simplesmente bati o pé e insisti que seria com Z. Meu desejo virou um mero capricho, que seria atendido por pura benevolência. Eu te carreguei em meu ventre, passei horas parindo você e ele achou que estava me dando, por gentileza, o direito de escolher uma única letra no seu nome. É sempre assim, meus sonhos são menores, bobos, infantis, e ele os atende como um adulto entrega um doce para a criança parar de chorar. Por anos acreditei que eram caprichos imaturos, bobagens que deveriam ser desconsideradas.

Tenho orgulho do seu Z.

Voltando ao assunto, você deve estar se perguntando por que não parti. As malas estavam na porta de casa, vocês estavam fora, eu não encarei nenhum urso de pelúcia. O que me segurou? Peço que não duvide da minha intenção, Izabel, que não olhe a minha tentativa como um capricho, nem a carta anterior como um chilique. Eu realmente ia embora e tinha tudo pronto para isso. Mas o telefone tocou bem naquela hora, como em uma novela. E eu fiquei parada na porta, decidindo se atendia ou não. Entreguei a decisão ao destino: se fosse algo importante, sério de verdade, tocaria até cair, depois voltaria a tocar novamente. Eu tinha celular havia pouco tempo e obviamente o desliguei antes de sair. Mas naquele tempo ainda usávamos telefone fixo, você lembra? Um aparelho sem fio, cinza-escuro, com uma antena que emaranhava em nossos cabelos. Ele tocou novamente e novamente. Eu entendi que era um sinal. Atendi, e era a mãe da Catarina me pedindo calma, me dizendo pra respirar, que tudo ficaria bem. Isso é jeito de começar uma ligação? Senti as minhas pernas enfraquecerem, sentei no sofá que prometi que nunca mais sentaria, tentando controlar as palpitações que concorriam com a voz dela.

— As meninas estavam andando de bicicleta, eu não vi a hora, estavam aqui perto, você sabe como elas são, não escutam a gente, eu falei que tinha chovido, que o chão estava escorregadio, que não era seguro sair, mas elas saíram, Cristina, elas só fazem o que querem, não tem jeito, eu fui responsável, juro que fui. Estou indo para o hospital, a Bel caiu, tá chorando muito, acho que quebrou a perna, anota o endereço, não demora, ela está chamando você.

Silêncio.

Malas na porta.

Carta no seu quarto.

Você no hospital, de perna quebrada. Mãe, mãe, mãe.

Percebe que a minha desistência não foi por covardia, Maria Izabel? O que eu ia fazer? Deixaria você no hospital, sem a sua mãe pra segurar a sua mão? E se você tivesse uma hemorragia? Se sangrasse até quase morrer? O que eu faria? Deus me livre, não consigo nem pensar! Escondi as malas embaixo da cama, peguei a carta no seu quarto, saí correndo ao seu encontro. O que aconteceu em seguida você já sabe. Por algumas semanas você precisou de ajuda para tomar banho, para vestir roupa, para ir à faculdade. A minha rotina se transformou completamente e a minha vida acontecia no intervalo entre o horário que eu te deixava e o que eu te buscava na universidade.

Fiquei magoada quando vi suas amigas te chamando de Bel. Z ou S não fazia diferença quando te chamavam assim. Continuo te chamando de Iza, Izabel ou Maria Izabel. É uma questão de honra, entende?

As malas ficaram embaixo da cama até a madrugada seguinte. Seu pai não saiu da conferência, disse que não podia deixar o evento antes do término, que uma perna quebrada não era o fim do mundo, que não faria diferença ele estar por perto, você estava bem cuidada. Eu queria essa certeza, Iza. Essa tranquilidade de que tudo ficará bem, essa calma de quem se sabe dispensável. Ser imprescindível é um peso. Desarrumei as malas, chorei o meu egoísmo, a minha irresponsabilidade. Pendurei as roupas, guardei os sapatos, devolvi os livros para a cabeceira da cama. Reli a carta e não tive coragem de rasgá-la. Guardei em um envelope na minha pasta de documentos. Ninguém mexe lá. A bem da verdade, poderia ter guardado em muitos lugares da casa, são muitos os espaços que viraram território apenas meu, mesmo que eu não faça questão alguma disso. Seu pai não sabe onde ficam as vassouras, os panos de prato e a caixa de sabão em pó. Ele nunca soube, não se interessa em saber. Dia desses você me disse que eu não dou espaço pra ele aprender, que tomo a frente e resolvo tudo. Me assombra a arrogância da sua geração, Maria Izabel. Você já me viu com arma em punho proibindo que o seu pai explore a casa, minha filha? Já me viu amarrá-lo ao sofá, com o jornal nas mãos? Agora, além de ser responsável pelo que faço, também sou responsável pelo que ele não faz? Meus atos, por si só, já não pesam o bastante?

Pela última carta você deve ter notado que devaneio, me perco, misturo assuntos, costuro informações que não fazem sentido juntas. Não sei ser direta, não fui treinada pra isso. E escrever uma carta de despedida para uma filha não é gesto fácil, você pode imaginar... me permita falar livremente, pulando de um assunto para o outro ao sabor do vento. Estou com quarenta e cinco anos, Izabel, não sou mais uma menina, estou cansada de tentar agradar quem quer que seja. Você vai ficar com raiva de mim, sei disso, então não vou poupar palavras e pensamentos, vou libertar o que vem, no ritmo que vem. Talvez assim, me lendo desordenadamente, você me veja mais de perto, conheça a minha bagunça e me ame mesmo assim. Ainda quero o seu amor, mesmo enquanto escrevo um adeus. Percebe que não faço sentido?

 Estou escrevendo esta carta enquanto olho para as malas novamente arrumadas no meio da sala. O conteúdo já não é o mesmo, quanta coisa muda em três anos, não é? Dois mil e dois foi um ano intenso, fazia um ano que seu pai tinha voltado pra casa, eu era um poço de mágoa e ressentimento. Penso que as coisas se acalmaram um pouco. A minha mala está mais alegre, os meus sapatos, mais animados, os meus sonhos, amadurecidos. Já não quero fugir, quero desbravar. Você entende a sutil diferença, Maria Izabel? Consegue percebê-la? Daqui, de onde estou, ela me parece enorme. Nítida. Eu já pensei em simplesmente me divorciar, mas não quero apenas estar longe do seu pai, quero me reinventar. Quero estar longe de quem sou nesta casa, nesta rotina, no escritório, no almoço na casa da sua avó, no salão a que vou todo sábado. Se eu ficar aqui, todos vocês vão me cobrar ser uma mulher que já não quero ser. Vocês vão cobrar que seja conhecida, segura, previsível. Que ande do mesmo jeito, que fale no mesmo tom. Vocês vão se assombrar quando eu xingar e vão me perguntar quem é essa, de cabelo curto, unhas compridas e que fala "Foda-se". Eu quero falar "Foda-se" sem parecer absurda, Maria Izabel. Mais difícil que mudar é sustentar a mudança. Não vou conseguir sustentá-la perto de vocês, não vou conseguir ser outra se vocês forem os mesmos, não sou tão forte assim. Eu quase não sustento o Z, Izabel. É claro que, em poucos dias, eu voltaria a usar as mesmas roupas, os mesmos sapatos, o mesmo vocabulário contido. Eu compraria uma peruca para esconder a temeridade de cortar os cabelos. Vocês me convenceriam, e eu não quero ser convencida. Preciso ser radical, me afastar de vez, recomeçar em outro lugar, me apresentar como uma mulher decidida e escrachada que usa brincos grandes e grita "Porra!" quando tropeça na rua. O divórcio é pouco.

Acredito que essa é uma boa hora. Você está apaixonada e eu tenho certeza que em breve vai se casar. O estágio e o relacionamento ocupam a sua rotina de forma que a minha ausência quase não será sentida. Me sinto quase dispensável, quase tranquila, e penso que o quase já é o bastante. Tem que ser. A oportunidade perfeita não vai chegar, sei disso. Me questionei se deveria esperar o seu casamento, se não suportaria mais um ou dois anos, assim consigo estar presente em dois dos maiores eventos da sua vida: o casamento e a formatura. Mas veja, minha filha, não posso dar pausa na minha vida para esperar os grandes acontecimentos da sua, entende? Adio a minha vida há tempo demais, tenho urgências, Maria Izabel. Vou agora para que você tenha tempo de superar o luto e ser feliz em suas festas, que serão lindas, não tenho dúvida. Você já não estará tomada de ódio, a ausência será sentida com mais tranquilidade, a falta te fará me desejar por perto sem te impedir de ser feliz. O tempo, os choros e as conversas com as suas amigas te farão bem. Não parto porque deixei de te amar, você sabe disso. Apenas preciso amar quem eu sou também.

    Eu conheci o seu pai quando ainda éramos crianças. Talvez os quinze anos estejam ainda perto demais de você para notar o quão criança se é nessa idade, minha filha, mas um dia você vai concordar comigo. Eu acreditava que aos trinta estaria realizada e bem resolvida, que mudaria o mundo se me esforçasse bastante e que poderia conquistar tudo o que quisesse. Se isso não é a inocência infantil falando alto, não sei o que é. Seu pai era um menino bondoso e sério. Olhos castanho-escuros, como os seus. A pele de um marrom intenso. Ele tem muitos defeitos, não posso negar, mas a feiura não é um deles. Seu pai foi agraciado com uma beleza única. Em nossa primeira conversa, sentados na praça em frente à igreja, ele me disse que seria médico, moraria em uma casa grande e teria uma filha. Não era apenas um sonho, era um plano. Eu não tinha planos, Maria Izabel. Peguei emprestadas algumas das certezas do seu pai, acho que o escolhi para ser meu peso. Sou feita de papel leve, minha filha, sempre quis voar solta por aí. Na minha época, meninas que queriam voar eram um perigo, eu não queria ser um perigo, me entende? Eu queria me firmar no chão. Se afasto a mágoa que ainda guardo do seu pai, percebo que tínhamos poucas chances de dar certo. Dei a ele a responsabilidade por me manter presa à realidade e senti raiva quando não conseguiu, quando errou, quando me soltou, quando me empurrou pra longe, quando me deixou infeliz e desejando voar.

Começamos a nos ver com frequência, todos os domingos, após a missa das seis da tarde. Morávamos perto da praça e os meus pais nos permitiam perambular por ali até as oito e meia da noite. A sua tia aproveitava a oportunidade para namorar, desaparecer no campinho de futebol, se encostar nos muros escuros agarrada a alguém. Eu não ligava para rapazes ou namoro. Eu queria tirar o sapato e pisar descalça a grama, sentar de olhos fechados, sentindo o vento acariciar meu rosto e balançar os meus cabelos alisados a ferro pela minha avó. Eu queria brincar com o Churros, o vira-lata que ganhou esse nome por amar a iguaria. Eu amava coisas simples. Nunca quis muito. Diferentemente da maioria das pessoas, eu amava a solidão, o silêncio, a oportunidade de ficar a sós com meus pensamentos. Seu pai se aproximou me dizendo que me via de longe e que eu normalmente estava sozinha e feliz, e ele achava enigmático alguém curtir assim a própria companhia. Ele amou a minha solidão e a tirou de mim. Eu deixei, Iza. Eu gostei de tê-lo por perto, de trocar sobre os livros que lia, de escutar o jeito corajoso que ele via o futuro. Éramos tão jovens, como eu imaginaria que ficaríamos juntos por tanto tempo? Que aqueles olhos escuros desviariam dos meus para não enxergarem a minha tristeza? Que você chegaria e, juntos, vocês ocupariam todos os espaços? Que eu passaria tanto tempo sem estar com os meus silêncios que quando eu e a quietude estivéssemos juntos novamente ela e eu seríamos completas estranhas? A vida não dá dicas, não insinua, e o encontro com aquele menino mudou a mim e a ele, e a gente se deu bem, e a gente foi feliz e infeliz junto. Você veio, e eu fui feliz e infeliz com você, mas agora eu preciso ir.

A gente não controla o nosso querer. Seu pai me disse isso depois de tudo que aconteceu, acredita? Ele se sentou em nossa cama e chorou, assumiu que errou e foi irresponsável. Me pediu perdão. Pra que me serve o perdão, Maria Izabel? O que ele esperava que eu fizesse com o arrependimento que sentia? As lágrimas escorriam e ele contava das próprias dores e continuava não se importando com como tudo aquilo me afetava. Ele me perguntou como eu estava e, quando respondi, me interrompeu para se justificar. Não escutou uma palavra que eu disse. A dor era sempre a dele. Os sonhos dele foram o centro da nossa relação: a faculdade, depois a residência, depois os vários empregos e plantões, depois a ausência e depois o retorno. Eu gravitei em torno do seu pai, mesmo quando não estava perto dele. Eu pensei no bem dele em quase todas as decisões que tomei, acreditando que o bem dele era o bem da família. As coisas se confundem, minha filha. Eu sei o CPF do seu pai de cor. Sei todos os números que ele já vestiu, desde que tinha dezessete anos. A secretária do oftalmologista me chama pelo nome apesar de eu não usar óculos; nos falamos anualmente por conta das consultas dele. Seu pai, todos os anos, me pergunta se o aniversário da sua tia Vera é no dia dezesseis ou dezenove. A irmã dele! Eu não vi isso acontecer. Fui cedendo espaço na minha memória, na minha rotina, ele foi se espalhando, eu cedendo, ele se espalhando. Quando alegou um descontrole sobre o próprio querer, eu quis gargalhar, listar um a um os meus quereres adiados, abortados, frustrados, enterrados pela vida. Quis chamá-lo de fraco. Quis gargalhar dessa virilidade débil que se sustenta sugando as minhas forças. Mas não o fiz. Você estava radiante por tê-lo de volta. Me resignei. Sempre fui boa nisso.

Ontem jantamos todos juntos e eu me senti feliz. Tranquila. Você contava sobre o estágio no hospital, seu pai te olhava atento, vocês gargalhavam, pareciam mais entrosados que nunca. Por um instante perguntei onde foi parar a mágoa pelo que ele fez. Onde você escondeu, Maria Izabel? Ela sumiu? Ela já esteve aí? A mágoa de mim vai passar também, ou erro de mãe é imperdoável? Te ver passando a salada e rindo me deixou aliviada. Tenho inveja da leveza de vocês, das trocas sem tensão, dos toques divertidos, do amor despreocupado. A obrigação de cuidar de você me deixa aflita, eu pergunto demais, dou orientações demais, sobrecarrego. Estou sempre rindo com os olhos desassossegados e os ombros tensos. Não sei te amar de outro jeito.

Espero que um dia consiga te escrever de algum lugar tranquilo – fora e dentro de mim.

Preciso tentar.

Não ceda demais, Iza. Não se perca de você.

Te amo. Torço para que aprenda a amar melhor que eu.

Beijos,
Sua mãe, Cristina.

P.S.: Quis assinar só "Cristina", mas meu nome solto assim, no final do papel, me deixou angustiada. Dizer que sou sua mãe é dispensável, mas a maternidade se recusa a sair de mim, mesmo quando estou disposta a partir. Não consigo te escrever sem lembrar (a nós duas) do papel que ocupo em sua vida. O que eu vou fazer com a liberdade que reivindico, Maria Izabel?

Sábado, 25 de novembro de 2006.

Eu tinha a cena vívida em minha imaginação, Maria Izabel. Eu abriria a janela do carro, minha mão dançaria com o vento, Sandra de Sá e eu cantando "Bye, bye, tristeza" bem alto, "eu já sei errar sozinha, sem pedir conselhos", arranhando a garganta, desfazendo um nó antigo, eu respirando tanto ar, tanto ar, embriagada de esperança. Ridícula, eu sei. Algumas cenas só cabem na vida imaginada. A vida real destrói as fantasias sem pudor, não se importa com os detalhes que desenhamos em nossos sonhos, ela não se presta a atender os nossos caprichos. Tenho pra mim que, se existe Deus, ele riu da minha cara no dia em que saí de casa. Ele é pai; se fosse mãe, teria alguma piedade. Tiraria, por alguns minutos, a culpa, o medo e a angústia que me enlouqueciam, me deixaria rir e acompanhar a Sandra de Sá. Em vez disso, dirigi por cinco horas em absoluto silêncio. Meus braços pesavam, a mala gemia, as lágrimas substituíam o sorriso que eu tanto imaginei que estamparia o meu rosto. Eu só pensava em você quando queria só pensar em mim.

Saí de casa no dia vinte e sete de junho de 2005. O relógio da cozinha me contou que eram nove e quarenta e sete. Ele está naquela parede desde que me casei. Seu pai quase não olha pra ele, se acostumou a contar o tempo pelas minhas atitudes, preocupa-se com o horário apenas fora de casa. A agenda existe no mundo em que eu não estou. Pacientes, cirurgias, reuniões da clínica, tudo perfeitamente cronometrado. Perto de mim ele dá descanso à mente, desapega do relógio, não tem agenda a cumprir. Eu sou serva daquele relógio. Ele me lembra que preciso deixar o café da manhã pronto antes de ir para o escritório. Ele me conta quantos minutos tenho entre o mercado, as orientações para que a casa fique limpa na minha ausência e a reunião com um cliente. Ele me diz que você está atrasada, que não chegou da aula e não me avisou nada. Eu não paro de olhar pra ele, mesmo que queira muito. Tentei retirá-lo de lá há um tempo, mas a parede nua me dava aflição, eu achava que estava sempre atrasada, corria mais que o normal, tentar adivinhar era pior que saber as horas, as obrigações não desapareceram, só o relógio que não estava no lugar. Não consegui deixá-lo no armário por mais de quarenta e oito horas.

Reservei uma pousada à beira-mar. Um quarto simples, com gosto de recomeço. Uma cama de casal de jatobá, com a cabeceira talhada a mão, forrada com um lençol fino, amarelo. Uma mesa de cabeceira de cada lado, na mesma madeira da cama, um jarro de vidro com flores do campo em uma das mesas. Um ventilador de teto fazendo um barulho suave, um pequeno armário para guardar roupas no canto direito. O banheiro pequeno, todo em azulejo branco, brilhava com a incidência do sol forte que entrava pela janela. Uma porta de vidro dava acesso ao jardim, a rede branca, com um grande bordado nas laterais, balançava com o vento forte que vinha da praia. Tudo tão diferente da nossa casa, da minha cama, da marcenaria que escolhi com cuidado, da rigidez que se instalou em minha vida com o passar dos anos. Eu não sei dizer em que ponto me tornei essa eu que desconheço, essa estranha que fala com a minha voz, mas sufoca o meu desejo. Quando eu parei de desejar, Iza? Tenho a sensação de que perdi alguns capítulos da novela, voltei a acompanhá-la em uma nova fase, os personagens mudaram, a história se transformou, eu já não sei quem são, tento entender, mas não consigo. Os episódios da minha vida aconteceram sem que eu realmente estivesse presente neles, você me entende? Recebi o roteiro, performei as falas que esperavam que eu falasse, vesti o que esperavam que eu vestisse, caminhei como me disseram para caminhar, mas não sinto que há algo realmente autoral nela, o diretor me tirou a liberdade, eu não briguei por ela, simplesmente segui. Talvez você seja muito nova para entender, talvez teimosa e ousada demais para se curvar. Eu te vejo impondo o seu protagonismo além dos detalhes e sinto algo entre o orgulho e a inveja.

Preciso assumir, prevalece a inveja. Inveja da liberdade com que você entra e sai dos lugares, das suas roupas curtas, das oportunidades que tem, da sua empáfia. Tento não falar sobre isso, quero não olhar para a direção da minha mesquinhez, mas sou humana, minha filha. Essa história de que mãe é santa e só sente amor é cruel, sobretudo conosco, as mães. A gente se julga um produto mal fabricado, uma mãe com avaria, quando sente inveja, raiva, frustração, ódio, vontade de fugir. A gente se sente a grande vergonha da categoria quando realmente foge, quando decide que merece mais. Tenho certeza de que seu pai nunca questionou a qualidade dos serviços prestados. A ele basta se dizer pai. Brincou com você na infância, trocou algumas poucas fraldas, te acompanhou em algumas poucas consultas médicas, perdeu algumas poucas horas de sono, deu pouco, mas sente que deu muito, que fez o possível. Não se questiona, é um pai maravilhoso. A autoconfiança dele me irrita. Sinto inveja dele também.

Considero uma tristeza não poder falar da minha humanidade sem reafirmar o amor que sinto. Veja bem, Maria Izabel, dizer que sinto inveja da sua personalidade altiva e que já senti ódio de você não deveria ser motivo de vergonha, não deveria apagar o que faço de bom, não deveria ameaçar os quase vinte anos em que cuidei de você, mesmo nos meus piores dias. Dei inúmeras demonstrações de amor, muitas delas, te mantive viva e bem, desejei a sua felicidade com tanta intensidade que esqueci a minha, ainda assim me sinto na obrigação de falar que te amo, que fiz o possível, que a culpa não é sua. Eu aceitei seu pai de volta, quando tudo o que eu queria era vê-lo sofrendo bem longe de mim.

A quem quero enganar? Eu desejava que ele estivesse morto. Desde o primeiro dia que saiu de casa, não deu notícias e desapareceu sem deixar vestígios, eu sonhei em receber um telefonema me informando que, na realidade, ele tinha morrido, que o corpo foi encontrado em algum lugar, que ele quis voltar para casa e não conseguiu. Viúva é mais bonito que abandonada, Maria Izabel. Você me perguntava pelo seu pai e eu não tinha coragem de dizer que ele nos abandonou, que saiu de casa sem dizer pra onde iria, que decidiu que não precisávamos de explicação, atenção nem cuidado. Você tinha quinze anos, era uma menina, eu não tinha coragem de te dizer que ele não queria conviver com você, que não fazia questão da sua companhia, que não se importava se você estava dormindo bem ou jogada no chão chorando e chorando e chorando. Seria mais fácil contar que ele morreu, colocar a culpa na vida, xingar os céus. Choraríamos juntas essa dor, esqueceríamos as falhas dele, a morte banharia a realidade de saudade, sem mágoa nem vergonha. Como pode, minha filha, a gente se envergonhar por uma escolha que não foi nossa? As pessoas me perguntariam o que aconteceu, o que eu fiz para que ele fosse embora, que tipo de mulher eu era pra deixar um bom marido partir assim, um homem paciente e responsável como ele, que erro imperdoável eu tinha cometido? Eu seria a mulher abandonada pelo marido, você seria a menina rejeitada pelo pai, sofreria nas festas na escola, o mês de agosto seria uma tortura, adolescentes são cruéis, a gente sabe disso. A princesinha do papai expulsa do castelo, eu não podia deixar, precisava evitar a sua queda.

Quando encontrei o armário dele vazio, o chão virou uma grande boca que se abriu. Fui engolida por uma dor desconhecida, uma mão invisível sufocava a minha garganta. Corri para a casa da sua tia, abri a porta aos prantos, aquele infeliz me abandonou, eu gritava, ela não entendia. Ele pediu licença nos hospitais e na clínica, mas não pediu licença para nós. Cada telefonema que dei me confirmava a premeditação, ele sabia o que estava fazendo e o fez mesmo assim. Sua tia me pedia calma, eu não queria ter calma, queria me jogar no chão, queria encontrá-lo e xingar todos os palavrões que eu nunca disse, eu queria que ele se comportasse como um homem adulto e responsável, eu queria matá-lo. Você chegaria da escola em duas horas, meu tempo para chorar era curto. Decidi dizer que ele foi para o Médicos Sem Fronteiras, que embarcou em uma viagem humanitária. Você imagina o que me custou te falar isso, Maria Izabel? Eu inventando uma mentira que me custaria mais mentiras, sustentando um pai que não existia, só para te manter no trono, qualquer coisa para você não sofrer ainda mais. Sua tia me dizendo que isso era loucura, que você merecia saber a verdade, mas eu não conseguiria encarar a verdade sem me desmanchar, você precisava de mim inteira. Às vezes a mentira é a muleta que a gente precisa pra se manter de pé.

Não quero falar disso. Talvez em algum momento a gente volte a esse assunto e eu te conte mais, te relembre o que a sua mente decidiu esquecer; por ora, quero falar de mim, da minha saída de casa, da minha tentativa de lembrar que meus desejos vão além de te ver feliz.

Retirei do carro a mala de mão, deixando a maior para o destino final. Ficaria ali por três dias, reservei o que achei que ia precisar: alguns poucos vestidos leves, sandálias sem salto, calcinhas, sutiã, hidratante, perfume. Larguei a mala no chão, retirei o sapato, dobrei a barra da calça jeans, abri a porta de vidro e caminhei pelo jardim até alcançar o portãozinho que separava a pousada da praia. Senti a areia sob os meus pés, o barulho das ondas silenciando meus pensamentos, um choro dolorido e libertador rompendo barreiras antigas. Chorei por um longo tempo, até a noite se aproximar. Oscilei entre riso e choro, entre medo e esperança, tudo misturado em mim. Nenhuma decisão seria fácil, percebi naquele instante. A idealização faz parecer que há um caminho de alegria pura, de satisfação sem mácula de dúvida ou tristeza. Mas não há, minha filha. Sempre existirá um medo virando a esquina, um "e se" na espreita. Escolher um caminho é abrir mão de vários outros, a gente não se esquece disso.

Tomei um banho demorado, comi um sanduíche na cama, como te proíbo fazer normalmente, e dormi um sono profundo. Sonhei com você vestindo as minhas roupas, dormindo na minha cama, falando com a minha voz. Eu te mandava sair de mim, eu e o meu cabelo curto, eu e as minhas unhas compridas. Você sorria e queria chorar, eu sabia disso, era a minha boca.

Acordei, eram dez da manhã, o sol quente tomando o céu, a roupa colada no corpo, o ventilador parou de funcionar na madrugada e eu não vi. Um aperto no peito, você na minha prisão, não era possível, que sonho ruim. Liguei o celular, seis mensagens de texto da sua tia me pedindo pra retornar com urgência. Retornar a ligação ou voltar pra casa? De que retorno ela falava? Liguei.

— Onde você tá? Desiste dessa loucura, sua filha precisa de você – disse ela com a voz acelerada, acusatória.

Perguntei o que ela queria, eu nem sabia dizer por que liguei o celular, prometi que não olharia pra ele nunca mais.

— Maria Izabel está grávida. Me disse que não sabe como te contar, tem medo de te decepcionar, logo agora, perto da formatura. Chega, Cristina!

Desliguei o telefone sem me despedir.

Encerrei minha estadia na pousada, a fuga mais curta de todas.

Devolvi a mala para o carro, voltei sem sequer tomar café da manhã.

Como você pode perceber, esta é uma carta diferente das outras, não é uma despedida, nela estou voltando, não partindo. Mas não seria a vida um eterno ensaio de despedida, Maria Izabel? Não estamos nós, todos os dias, nos aproximando do fim?

Dirigi cinco horas, alternando música e silêncio.
Estacionei em um salão de beleza desconhecido. Cortei o cabelo. Te conto os detalhes depois. Sua filha está chorando, vocês precisam de mim.

Amo você, minha filha, juro que amo.

Beijos da sua mãe,
Cristina.

P.S.: Não sei se um dia você lerá estas cartas, se em algum momento as entregarei. Continuarei escrevendo mesmo assim.

Segunda-feira, 5 de março de 2007.

Hoje conversamos por um longo tempo, ao redor da mesa. Você, cansada de cuidar de um bebê, reclamando do pouco tempo que lhe sobra entre os plantões e a casa, eu te pedindo para se manter firme, ter paciência, repetindo que tudo passa, como se realmente acreditasse em cada palavra pronunciada. Por alguns instantes reconheci em seus olhos o desejo de fugir. Eu vi, minha filha, a inquietação no franzido em sua testa. Notei você espantando a ideia, como quem afasta um mosquito que insiste em zumbir ao pé do ouvido. As palavras saíam da sua boca tão arrastadas, tão indispostas. A sensação de que não adianta nada falar me é íntima, carrego esse nó em mim há tanto tempo que já nos fundimos. Por alguns instantes, poucos, mas presentes, senti certo alívio em ver esse nó em você, em saber que não fui a única fraca que a vida atropelou. O cansaço nos uniu, uma única irmandade de mulheres ligadas pela exaustão. Você, a altiva, eu, a ex-sonhadora, nenhuma de nós imune ao destino. Mas, apesar desse conforto fugaz, prevalece a tristeza de te ver tão soterrada de desânimo. Queria poder fazer mais do que faço. Queria empunhar uma espada e defender os seus limites, mas você sabe, Maria Izabel, mal dou conta de defender os meus...

Ainda não sei ao certo por que volto a te escrever. Talvez seja o desejo de pôr no papel o que me falta coragem de dizer te olhando nos olhos. Essa responsabilidade de ser a sua mãe me tira a naturalidade. Tenho que falar como mães falam, agir como mães agem. Até entendo que tenha um protocolo a seguir quando se tem filhos pequenos, quando são crianças que precisam de um adulto, mas por que mantenho essa personagem até hoje? Por que sigo segurando as palavras, os gestos, os pensamentos? Por que não te contei ali, naquele momento, que a dor que te aflige é também minha, que ela aumenta se a gente não se defende, só se entrega, só se resigna? Que se doar sem limites é um preço alto demais, que não fica nada, que é necessário dizer não e lembrar-se de quem se é, para além de uma mãe?

Tenho uma vida dupla, duas de mim vivendo no meu corpo. A que te aconselha a ter força e paciência; e a que deseja que você grite, esperneie, defenda cada milímetro de si. A que se conformou em voltar a conviver com o seu pai como se nada tivesse acontecido, que dorme ao lado dele e faz um sexo sem graça uma vez ao mês; e a que fugiu, entrou em um carro e viveu algumas horas entre o desespero e a liberdade. A que desconfia de todas as falas e de todos os gestos dele, a que por um tempo experimentou as carícias de outro homem e descobriu o que é gozar. Que estranho, Maria Izabel, nunca pronunciei essa palavra em voz alta: GOZAR. Acho que também nunca a havia escrito antes, talvez por julgar que gozar, palavra e ato, não era para mim. Desejo sexual é também desejo, e eu desaprendi a desejar faz tempo. Imagino que, neste instante, após ler essa minha repentina confissão, sinta-se confusa, esteja virando levemente o rosto para o lado esquerdo, enquanto aperta os olhos e põe um quase sorriso nos lábios. Você faz isso quando está entre a surpresa e o choque, desde muito pequena. É impressionante como algumas coisas permanecem, mesmo que os anos passem, que a vida mude, que a idade avance e outras responsabilidades se aproximem. Alguns gestos surgem e me lembram que a menina que você foi ainda está aí, é parte dessa adulta que, por diversos momentos, me parece uma completa estranha. Te desconheço, depois reconheço, depois desconheço novamente, uma ciranda desconfortável. Queria só te conhecer e não me assombrar com algumas das suas falas e decisões, queria a falsa previsibilidade de quando você mamava e eu organizava o meu dia entre os seus choros de fome.

    Eu sei que sempre te contei que foi no seu pai o meu primeiro beijo, que foi em nosso casamento que descobri o sexo, e nada disso é mentira, não me julgue mal. Mas não, ele não foi o único. Quando ele se presenteou com o direito de sumir, desaparecer das nossas vidas, eu me senti razoavelmente livre pela primeira vez em muitos anos. Não era totalmente livre porque você dependia de mim, dos meus horários, da minha presença. Ele foi livre, podia inventar um novo nome, contar sobre si a história que quisesse; eu ainda era a sua mãe, ainda olhava obsessivamente o relógio da cozinha, ainda sustentava a sua ilusão de ser amada pelo seu bom pai humanitário. No primeiro ano inteiro você acreditou na história que inventei, repetiu para os amigos, para a família. Até eu acreditava, volta e meia. Queria que fosse verdade, que o desamor dele não te atingisse, que as atitudes dele não respingassem em você, não manchassem a sua história, não marcassem a sua narrativa. Eu chorava na casa da sua tia, no banho, no trânsito, a caminho do trabalho. Chorava o medo de não dar conta de você sozinha, a raiva por não ter partido antes dele, a certeza de ser necessária e de ter que ficar. Você me perguntava se não havia telefone onde ele estava, queria um contato, uma carta, um e-mail, qualquer coisa, me dizia que não era possível ainda não ter recebido uma mensagem, e me doía não saber o que fazer, não te dar o que pedia e ver a minha história se deteriorar aos poucos.

Eu estava falando de gozo e, de repente, pulei para o choro, percebeu, Maria Izabel, como as coisas se misturam e se embolam em mim? Um fio puxa o outro, que puxa o outro e, de repente, percebo que as histórias se conectam e cada lágrima tem um pouco do gozo e cada gozo um pouco de choro. Preciso te contar as histórias que não sabe sobre mim, porque quero que me veja um dia: não a sua mãe, mas a Cristina. Preciso que saiba que, antes de conhecer outro homem, eu sofri pelo seu pai, agi como manda o figurino, eu obedeci às regras. Eu me despedacei por você e por ele. Você não viu, porque na sua frente eu remendava os pedaços, colocava tudo mais ou menos no lugar, mas, quando você saía, eu era o Senhor Cabeça de Batata, lembra dele? Ele caía no chão, as peças se soltavam, uma pra cada lado, boca, nariz, olhos, orelhas, nada no lugar. Depois de um tempo, eu comecei a chorar por dentro, a verter lágrimas pelo avesso, a segurar as pecinhas de mim e me manter inteira.

Você sabia que muitas viúvas consideram a viuvez a melhor fase de suas vidas? Elas cumpriram o que se espera de uma mulher, casaram, tiveram filhos, agora podiam ser elas, sem marido pra manter vivo, sem o título de tia solteirona. A passagem de um homem em suas vidas muda a sua categoria na sociedade, já foram escolhidas uma vez, seu valor foi provado. Tenho raiva desse poder dado aos homens, dessa possibilidade de nos escolher, como se precisássemos deles para sermos alguém. Na minha juventude, quando uma mulher fazia sexo pela primeira vez, diziam que tinha se tornado mulher. Veja, Maria Izabel, que absurdo! Um pênis transformar alguém em mulher, uma fina membrana nos mudar de classe, nos transformar em dignas ou em vagabundas! Felizes são as viúvas negras, que arrancam o pênis do macho após a cópula e comem o corpo dele para repor a energia, não perdem nada de si, não precisam de anos de doação para ganharem o direito de simplesmente seguirem as suas vidas em paz.

Depois de um tempo sem o seu pai aqui eu consegui repor as minhas energias, deitar na cama inteira, ocupar o lado dele do armário com meus casacos de inverno, minhas botas e meus vestidos. Espalhei meus cremes na bancada do banheiro sem precisar me importar em dar espaço pra ninguém. Eu quis pegar um gato, não porque gosto do bicho, mas pela possibilidade que passou a existir sem a rinite do seu pai por perto. Eu ainda precisava responder às pessoas onde ele estava, ainda precisava lidar com você, mas já não precisava lidar com ele, e isso fazia toda a diferença. Penso que nos ensinam a nos acostumarmos com o desconforto desde cedo, para que não questionemos o peso que recai em nossos ombros nas relações. O sapato que machuca o pé, mas é bonito; o penteado que dói na cabeça, mas é bonito; a roupa que irrita a pele, mas é bonita. O casamento que machuca, dói e irrita, mas é bonito. Basta a aparência, a suposta normalidade. Seu pai saiu de perto de mim e eu senti que podia respirar novamente.

Tento puxar na memória quando notei que já não o queria por perto, quando percebi que ele ocupava todos os meus espaços, a minha agenda, as minhas prioridades, mas não lembro, acho que não havia notado até ele sair, até ter algum espaço para mim novamente, até parar de me preocupar com a brancura do jaleco. Quando ele saiu de cena, eu pude olhar ao redor, me espalhei pela bancada do banheiro e queria mais, ocupei o armário e queria mais, eu queria mais de mim. Ele me deixava tão ocupada que as coisas não circulavam, as dúvidas, os medos, os desejos, ficava tudo cristalizado, parado num canto, entulhos se acumulando.

Quando ele saiu, eu me sentia mais leve. Talvez tenha sido essa leveza recém-adquirida que me tornou mais atraente, a tranquilidade é uma roupa que me cai bem, pena que a uso tão pouco.

Eu queria te narrar os fatos em ordem cronológica, te contar as situações conforme foram acontecendo, mas a verdade morre assim que ela surge, na nossa memória ela se deforma, ganha as cores que lhe damos e nunca mais será a mesma. Já se passaram mais de cinco anos, talvez alguns detalhes tenham se perdido nas minhas expectativas, algumas falas tenham mudado de tom com a minha saudade. A minha mente se nega a obedecer à contagem de semanas, meses, ela se recusa a se restringir ao espaço-tempo, vivo o ontem como se fosse hoje, me perco no hoje como se ele não existisse. Então vou te contando o que lembro, como lembro, na ordem em que as recordações emergem. Em algum momento ligaremos os pontos, mas não te prometo um encaixe perfeito de nada, sou um quebra-cabeça com peças perdidas.

Assim como a minha memória é um remendo da realidade, a sua também é. Eu vejo um pedaço do que aconteceu, você vê outro, cada uma em um ponto, cada uma com a sua vista. Não acredito que vá se lembrar do que narro aqui, até porque o que se cravou em minha memória pode ter passado despercebido por você. Seu pai saiu de casa e você me entregou a conta. Me cobrou cada centavo de atenção, explicação e amor que ele se recusou a dar. Eu fiquei e fui punida por isso. Quem fica é quem erra, é quem escuta o grito, é quem recebe a culpa. Você achava que eu fiz algo para ele ir embora, que eu cobrei demais, que eu o irritei a ponto de tornar a nossa convivência insuportável. Você precisava de algo que justificasse a atitude dele, e egoísmo não era o suficiente. Você não suportaria desfazer a imagem que criou desde pequena, não o destituiria do trono. Então me culpava, batia porta, desligava o telefone. Me culpou quando achou que ele era um médico de bom coração, me culpou quando percebeu que ele se foi simplesmente porque quis. Nunca conseguiu dar nome de abandono ao que aconteceu. Doía menos fantasiar que a culpa era minha do que assumir que ele não se importou com você por dois anos. Você já consegue enxergar isso, Maria Izabel?

Em uma das poucas tréguas que você me deu, marcamos de ir ao cinema. Eu te pegaria na escola, veríamos um filme e jantaríamos no McDonald's. Seríamos só eu e você, sem o seu pai ou o fantasma dele entre nós. Saí mais cedo do escritório, tomei um banho demorado, coloquei uma calça de sarja verde-pastel e uma camisa branca. Escovei os cabelos e os deixei soltos, me perfumei com o Dolce&Gabbana, aquele da tampa vermelha que você adorava pegar escondido. É lógico que eu sabia que você usava, minha filha, você tem dificuldade de deixar as coisas no lugar, talvez seja essa uma das suas características mais interessantes, nada fica igual depois da sua presença. Além disso, o cheiro adocicado é forte e único, eu o reconheceria a quilômetros de distância. Mas o perfume estava na lista de coisas que eu cedia sem reclamar. O que é um perfume pra quem doava a própria existência?

Quando estava saindo de casa o telefone tocou, você dando graças a Deus que eu havia atendido, fazendo voz manhosa, dizendo que seus amigos iriam para a casa de alguém do grupo que eu já nem me lembro o nome, e que você queria ir também. "Mãe, você se importa?" Quis gritar que é claro que eu me importava, que os ingressos estavam comprados, que você escolheu o filme, que eu não sabia quem era Bridget Jones e agora teria de assistir ao diário dela, que isso não se faz. Eu quis gritar que era a sua mãe e você iria sim, querendo ou não, porque como mãe eu era a dona do seu querer. Mas a gente estava numa boa época. Você havia dormido na minha cama no sábado, a gente escutou música juntas no domingo. Você me contou que estava gostando de alguém e, por alguns dias, me deixou chegar perto sem alfinetar. Eu disse que tudo bem, que podia ir desde que me desse o endereço e o telefone de onde estaria.

Fiquei parada alguns minutos, o telefone desligado em minhas mãos, os ingressos na bolsa. Liguei para a sua tia, ela me disse que não podia ir. A sua prima também não. O que eu faria sem companhia? Nunca havia ido ao cinema sozinha. Como a menina que amava caminhar sozinha pela praça se tornou alguém que não conseguia entrar em um cinema sem ter alguém ao lado?

Decidi que iria ainda assim, dirigi até o cinema repetindo mentalmente que não havia nada de estranho na decisão. Entrei na fila achando que todos me olhavam, que me julgavam, que pensavam que eu era uma mulher amarga e solitária, com tamanha antipatia que ninguém se dispôs a me acompanhar. Me sentei na poltrona com as mãos frias, o marrom da minha pele substituído por um tom acinzentado. Imagino que você esteja me chamando de dramática, mas é a vida que é um melodrama, minha filha, não eu. Desde que o seu pai chegou em minha existência, eu me acostumei às mãos dele segurando as minhas quando entrava nos lugares, era ele o meu acesso e a minha permissão, sem ele me sentia nua. O filme começou e, em poucos minutos, eu estava gargalhando. A cor voltou e trouxe consigo uma leveza recém-conquistada. Depois de uma sequência de risos que me arrancou lágrimas, notei que, do outro lado da sala, um homem me observava. Ele ria com o meu riso, os olhos cor de mel levemente fechados miravam os meus. Fiquei paralisada. De repente eu não sabia o que fazer com as mãos ou como me sentar. Tentei desviar, mas algo nele me atraía a atenção, até hoje não sei dizer o quê. Olhei algumas vezes, disfarço mal, não consegui – e nem quis – me esconder.

Saí da sala procurando aquele olhar, uma fila de mulheres se direcionando para a saída, meu coração acelerado, onde ele estava?, o perdi. Eu tinha quarenta anos, estava com o seu pai desde os quinze, eu já havia me esquecido que era uma mulher, e não a mulher dele. Aquele olhar foi lançado para mim e eu era minha. Você consegue me entender, minha filha? De repente, em meio às conversas e aos risos no corredor, uma voz grave e doce me disse um "Ei", e lá estava ele, eu me vi através daqueles olhos e gostei de mim.

Não me imagino contando tudo isso para você. Não consigo conceber parte dessas palavras saindo da minha boca, não conseguiria escutar o som que produziriam, o efeito que causariam em seu corpo. Não conseguiria observar as suas expressões, os seus olhares, a sua boca se contorcendo, os seus dentes mordendo os lábios com inquietação. Algumas coisas precisam ser escritas, mesmo que não haja esperança de que realmente sejam lidas. Tirá-las de mim já parece o bastante.

Em outro momento escrevo mais sobre isso, estou escutando a chave virar na porta, seu pai voltou, vai me perguntar o que estou escrevendo. Eu não quero dizer, não dou a ele nem meu gozo nem meu choro.

Nossas cartas precisam ficar entre nós, mesmo que, por ora, esse nós seja somente eu.

Te amo, minha filha. Sei que quase não digo isso, mas eu só sei te amar assim.

Um beijo da sua mãe,
Cristina.

Segunda-feira, 10 de setembro de 2007.

Estava relendo as cartas que escrevi e percebi o quanto deixo assuntos inacabados. Você percebeu isso, Maria Izabel? Acho que passo a vida me explicando tanto que, quando estamos sozinhos, o papel, a caneta e eu, me recuso a me deter nos pormenores. Ou talvez seja somente o desejo de falar mais de mim brigando com os minutos que tenho livres, muita vontade e pouco tempo. Estou sempre soterrada em obrigações, meu pensamento não para, há sempre algo a fazer no instante seguinte. A pia fica limpa por poucos minutos, logo há um copo sujo quebrando a harmonia do ambiente, uma xícara com o cheiro insuportável de café, os farelos surgem na mesa, a poeira se acumula nos móveis e há que ser retirada dia após dia, a comida precisa ser comprada e preparada, a consulta médica precisa ser marcada e, após ela, os exames e, após eles, a consulta de retorno e, após ela, a ida à farmácia, e eu preciso saber se o medicamento está sendo ingerido como deveria, não importa quem está doente ou quem está comendo pão na mesa ou bebendo café, sou sempre eu a sustentar os detalhes da vida. O trabalho de cuidado não acaba, não tem férias, folga, aposentadoria, não existe a velha da praça ou do dominó, a gente trabalha e trabalha cuidando do mundo até ficar doente e caquética e incapaz de levantar da cama e dependendo do cuidado de alguém. Eu quero ser positiva, minha filha, te contar coisas boas, ser a mãe animada e feliz que você merece, mas as xícaras e os copos e as doenças aceleram meu coração, e eu começo a escrever sobre coisas que não costumo parar para pensar.

Quando entrei naquele carro e fugi, acreditei que me livraria da ansiedade desse trabalho que não tem produto final. Não existe missão cumprida na maternidade ou no cuidado com a casa, ou no cuidado com o que quer que seja; início, meio e fim se misturam, é um eterno recomeçar. Até hoje lembro da textura da areia sob os meus pés, do sal da brisa marinha e do sal que escorria dos meus olhos se tornando uma coisa só, da sensação de que as horas que viriam dali pra frente eram todas minhas, sem concessões, sem adiamentos. Seu pai odeia pimentão, você cresceu reclamando do cheiro de atum, e eu passei vinte anos sem pôr na minha boca nem um nem outro, porque não valeria a pena preparar o que quer que fosse só pra mim, como se eu fosse pouca coisa. Eu já não seria só nada, podia comer sanduíche de pimentão com atum quantas vezes quisesse e preparar o que quisesse porque o "só" seria o meu todo.

    Não sei se já te contei, mas seu avô me esqueceu em uma sorveteria a mais de cem quilômetros de casa quando eu era criança. Ele me prometeu um dia diferente, me disse que iríamos nos divertir, que a minha mãe precisava ficar sozinha, me deixou ir no banco da frente do Opala vermelho, contou piadas e riu durante todo o caminho, um dia imensamente feliz. Paramos na sorveteria, ele de papo com a garçonete, cochichavam e riam, a moça tinha uma alegria que a minha mãe não tinha, achei que, por isso, eles conversavam, a alegria da moça combinava com a alegria despreocupada do meu pai. Ele me deixou escolher o sabor que eu quisesse, qualquer um, quantas bolas de sorvete eu desejasse, "Hoje você pode tudo, filha". Eu queria provar todos os sabores, não queria deixar escapar nenhum. Olhei os doze sabores da sorveteria imaginando o que combinava com o quê, o sabor da ideia tão gostoso que não podia ser superado pelo sabor de verdade. Milho-verde, uva, morango, limão, maracujá, coco, chocolate, eu queria um pouco de cada, provar tudo até não aguentar mais. Em meio à minha animação, demorei a perceber que seu avô havia desaparecido, ele saiu sem me avisar, ou talvez até tivesse me avisado, mas eu estava tão perdida nos meus desejos que não escutei. Ele jura que me avisou, que fui lerda e desatenta e não notei, só sei que, de repente, a sorveteria era muito grande e nenhum sabor era realmente gostoso: eu estava sozinha sem meu pai ou qualquer rosto conhecido e eu já não queria escolher sorvete nenhum. A amiga da garçonete sorridente me pedindo para escolher, dizendo que meu pai tinha deixado tudo pago, podia me lambuzar com qualquer coisa, "Vai, menina, vai ser feliz!". O imperativo da felicidade doendo no meu estômago, o medo de ele nunca mais voltar, eu me imaginando comendo baldes de sorvete e passando mal e vomitando roxo sem minha mãe para me fazer um chá. Não tive coragem de escolher nada. Fiquei esperando até a noite cair, a cor do céu mudando lentamente, a rua se enchendo de luzes, tão diferente de quando eu cheguei. Não fiz xixi durante toda a tarde por medo de não estar lá quando ele voltasse, de ser esquecida ali, no paraíso, com doze sabores de sorvete em quantidade ilimitada. Meu pai chegou cheirando a final de domingo, me mandou entrar no carro, riu de mim quando disse que não tomei nenhum sorvete, "Garota burra que não sabe aproveitar a vida!".

Naquele dia, na praia, eu me vi diante de todos os potes de sorvete, os doze sabores todos ali, uma colher na mão, "Vai, menina, vai ser feliz!". Eu não conseguia escolher, eu já não sabia me lambuzar. Tanta liberdade, o imperativo de felicidade, o medo, o que eu fiz da vida? Lembro da areia e do coração acelerado, da esperança e das mãos geladas, da vontade de mudar tudo e do medo de tudo, todas as sensações misturadas. Era pra ser fácil, minha filha, na minha imaginação era mais fácil, tenha certeza. Só agora percebo que nunca dividi essa história com ninguém, nunca contei para a sua tia que senti muitas coisas misturadas e que não foi somente a sua gravidez que me fez voltar, assim como não contei para a minha mãe do sorvete e da moça bonita e sorridente, ou da tarde que passei sozinha e apavorada acreditando que nunca mais iria vê-la. Não gosto de falar da vida, de ficar pensando demais em cada ato e gesto, cada vez que volto em uma memória ela quer doer de novo, e já me bastam as dores do presente, não preciso das do passado. O passado passou.

Engraçado como não faço sentido, Iza, te escrevo para falar do passado o tempo todo. Não quero que você se lembre de mim apenas pelo pouco que conhece de sua mãe ansiosa, que pede que você avise quando chegou em casa, que tem medo da febre da sua filha, que reclama e reclama sem perceber. Vejo você e o seu pai no sofá, ele alisando os seus cabelos, vocês conversando sobre a dona Juliana, que foi novamente ao seu consultório reclamando da dor no coração, da falta de ar, velha insistente, não tem nada, precisa viver, relaxar. Vocês sorrindo, coitada da dona Juliana, e eu quero falar algo leve e te contar da filha da Matilde que vivia indo em médico e achando que não era nada e agora só piora. A história vai ficando pesada, seu riso sai do rosto, você me diz que eu só conheço história ruim, e a minha tentativa de me aproximar se deforma e vira um quadro estranho do qual a gente desvia os olhos.

Escrever é mais fácil, o papel me chama para falar do que não costumo dizer, é um ouvinte que não julga, sustenta o olhar. A sua tia me ligou e eu coloquei a mala no carro, a tristeza e o alívio como companhias, eu não deixaria você ser mãe sozinha, minha filha. Mantive o celular ligado e, por todo o caminho, pensei na história que contaria para vocês. O que eu fazia cheia de malas no carro? Pensei em inventar uma amiga distante, da infância, que teria me ligado chorando, precisando de apoio. Não pensei duas vezes, fui socorrê-la, não tive tempo de avisar a ninguém. Tão típico de mim, sair para ajudar, para cuidar, vocês não duvidariam da minha invenção, tenho certeza disso. Seu pai não lembra o nome das minhas poucas amigas, nunca guardou detalhes das histórias que contei, me escuta pensando em outras coisas, sempre foi assim. Você perguntaria um pouco mais, mas logo atropelaria a minha fala com algum pedido, lembraria de algo para fazer, me deixaria novamente só.

Acontece que algo em mim se recusava a voltar igual, a se encaixar na mesma personagem que se enterrava na própria vida. Eu queria voltar para te ajudar, mas não era a mesma. Talvez tenha sido aquela que vive em mim que descobriu que os pelos arrepiam de prazer ao beijar outra boca e sair para dançar, aquela que volta e meia me dá a mão e me leva ao cinema quando me sinto sozinha. Talvez tenha sido ela a parar num salão de beleza desconhecido para pedir um corte novo e absolutamente desconhecido a uma cabeleireira desconhecida. Me esforço para lembrar o nome do salão, o endereço não lembro, não guardei. Pedi que cortasse todo o cabelo, o chanel que usava desde os dezoito anos, exatamente do mesmo tamanho, exatamente do mesmo jeito. Quantas vezes você foi comigo ao salão da Lêda, minha filha? Quantas vezes sentiu o cheiro de amônia e esperou ao meu lado que os fios alisassem? Quantas vezes escutou o barulho do secador enquanto penteava as suas bonecas? Quase trinta anos frequentando o mesmo salão de beleza, devota da mesma cabeleireira, nunca arrisquei deixar ninguém, além dela e da minha avó, tocar a minha cabeça. Rio quando penso na coragem que tive, que louca, meu Deus! Os fios caindo no chão, o ar entrando e saindo de mim com a mesma pressa que eu tinha de viver. Minha mãe dizia que o cabelo é a moldura do rosto de uma mulher, eu não podia ter uma moldura crespa, tinha que ter moldura lisa, reta, preta e brilhante. Tirei a moldura, minha tela solta no mundo, quatro centímetros de cabelo molhado se enrolando no topo da cabeça, a nuca nua, fresca e à mostra. O sopro do vento fez minha pele cor de barro arrepiar, eu não queria mais ser moldada por ninguém.

Entrei no carro, dirigi até a nossa casa, estacionei na garagem vazia. Abri a porta, a mala menor na mão direita, a chave do carro na esquerda, a mentira na ponta da língua. Vasculhei os cômodos, ninguém. Desfiz as malas rapidamente, tomei um banho demorado, parei de frente ao espelho encarando o contorno do meu pescoço e os pequenos cachos escuros. Acredita que não os conhecia? Me apresentei àquela que me olhava de volta, nascemos juntas, mas eu nunca havia visto aquele cabelo, aquele olhar. Escutei a porta se abrir, seu pai entrou, passou para o banheiro sem me olhar, falou do calor, da clínica, do paciente estranho que atendeu na emergência, do plantão complicado. O som do chuveiro se misturava à voz dele, demorei um tempo até entender que ele não notou que fugi.

Tive vontade de gritar e falar que o abandonei, que por algumas horas ele foi o meu ex-marido, ficou no passado e não existiria mais pra mim. Eu queria contar a minha história inventada e ser interrogada, mentir olhando nos olhos dele. Eu queria perceber que ele tinha sentido a minha falta, notado a minha ausência, pois o chão tinha sido retirado dos seus pés, ele teria que organizar as próprias roupas e os remédios e a comida. Queria vê-lo perdido, mas passou dia e noite no hospital, a vida que deixei organizada continuava fluindo lindamente, meus esforços seguiam invisíveis, e ele seguia se afirmando adulto e independente.

Saiu do banho e finalmente me olhou. "O que aconteceu, que cabelo é esse, o que te deu?", perguntou de sobrancelha franzida. Achei que me apavoraria com as cobranças de vocês, que teria vontade de colocar uma peruca, qualquer coisa que escondesse a minha impulsividade, mas a dúvida dele me deu prazer; eu não era a certeza conhecida, era capaz de surpreender, o susto dele me fez querer mais. "Eu quis cortar", eu disse, "cortei porque quis", ele ficou sem palavras. Eu tenho querer, e ele já nem lembrava disso. "A Maria Izabel está grávida", as palavras saíram e eu não pude acreditar que você havia contado pra ele e não pra mim. Jeito perfeito de mudar de assunto, falar de você, usar a sua existência para silenciar o meu querer. As pessoas se habituam a usar os filhos para apagar as mães, não aguentam ver uma mãe feliz. Já te contei da aranha que morre e vira comida para os filhotes? Ela põe os ovos, carrega todos nas costas, não os deixa sozinhos nem um instante, quando eclodem, já sem energia, ela libera os fluidos internos para alimentá-los. Morre e vira comida, e é comendo a mãe que os filhotes sobrevivem. Nos querem alimentando os filhos com tudo o que temos.

Ele não esperou a minha resposta, falou que você foi irresponsável, na reta final do curso, como ficava a residência em cardiologia, e os planos, e o consultório, e tudo que a vida reservava? Você deveria casar e disso ele não abria mão. Casar? Minha filha, ouvi a palavra e senti uma agonia, uma mão apertava minha garganta. Lembrei do meu sonho na pousada, você com minhas roupas, você na minha pele; não, minha filha, você não ia casar, você podia ser mãe sem ser esposa de ninguém, podia conservar seu sobrenome e sua energia, a criança já pede muito, um marido seria demais pra você.

"Ela não precisa casar", falei sentindo as letras pularem da minha boca, uma rachadura na minha resignação, o silêncio vazando e transbordando. "Não sei o que te deu hoje!", ele me disse, encerrando o assunto, fugindo das palavras que viriam, tratando a minha opinião como algo pouco relevante, afinal era só a minha opinião. Não desperdicei a minha paciência, seu pai já tinha abusado demais dela, chega! Guardei minhas frases para você. Já se passaram dois anos desde aquele dia, sete desde que ele fez o que fez, a mágoa diminui, mas não vai embora. Às vezes acho que preciso dessa dor, preciso rememorar o tempo inteiro o que aconteceu, pois se abro espaço ele me magoa de novo. Nunca será diferente, uma macieira não dá peras.

Ele saiu do quarto, ligou a TV na sala, abriu o jornal, fingiu estar muito interessado em algo. Jantou no hospital, não perguntou se eu havia comido, com a paz de quem não precisa se preocupar com a sobrevivência de mais ninguém – essa parte foi sempre minha. Que irônico o doutor que salva vidas mal conseguir manter-se vivo. Escutei a sua chave deslizando na fechadura, seu passo desanimado no corredor.

"Uau, mãe, que bonita você está!" Você afagou meu cabelo, passou a mão em minha nuca e caiu no choro. Tive vontade de chorar junto, pelo elogio inesperado, pelo calor da sua mão, que me tocava tão pouco, pelo medo que você sentia e que me doía nas entranhas também. "E agora, mãe?", você repetia e repetia, e eu dizia que daríamos um jeito. Eu sei que daríamos, nem que eu tivesse de te dar meus fluidos mais profundos, maldita aranha que não sai da minha cabeça!

Não precisei contar a minha mentira para ninguém. Talvez nem fosse tão mentira assim, saí às pressas para socorrer um pedaço de mim que gritava por ajuda, não dava tempo de avisar ninguém. A minha fuga não foi notada, e o alívio dessa constatação foi menor que a tristeza. Segurei as minhas lágrimas, as suas caíam abundantemente, deixei que chorasse por mim e por você. Preparei um café e fiz companhia até você pegar no sono.

Parece que foi há tanto tempo.

Preciso encerrar a nossa conversa agora, você virá almoçar em casa, vou desenformar o seu pudim.

Te amo, minha filha.

Beijos da sua mãe,
Cristina.

Sexta-feira, 14 de março de 2008.

Dia desses li uma pesquisa que afirmava que um dos maiores medos das mulheres é de parecerem ridículas. Veja que bobagem, Maria Izabel, a gente podia morrer de medo de cair um raio em nossa cabeça, de calçar um sapato com uma aranha-marrom dentro, de perder a memória e ficar caminhando ao léu pelo mundo, mas a gente guarda o medo ridículo de sermos ridículas. Quem determina o que é ridículo, minha filha? É inacreditável que a maioria de nós compartilhe um medo tão absurdo! E você quer saber o pior? Eu tenho esse maldito medo, além de todos os outros que citei. Medo do raio, da aranha, de enlouquecer e de parecer ridícula, tenho espaço para todos eles e para muitos mais que queiram se aproximar. Neste momento te escrevo em um caderno, uma espécie de diário que será o guardião dos nossos diálogos. Não faz mais sentido escrever cartas que nunca enviarei e, por isso, ao sair do cinema ontem, parei em uma livraria e escolhi um caderno para substituir as folhas soltas. Como você pode ver, sigo acreditando que o desejo de fugir, a fuga e o retorno significam alguma coisa. Se isso não for amor, já não sei mais o que é. Pois bem, agora que me sentei em frente ao caderno, me sinto ridícula, uma adolescente de quarenta e oito anos. Não tive diário quando tinha idade para isso, que coisa mais descabida começar agora! Preciso mentir para mim, dizer que na realidade escrevo para você, assim as minhas palavras ganham um propósito, tudo que faço por você é justificável, sou sua mãe.

E se eu precisar ser ridícula para ser feliz? Decidi que serei uma velha louca, vou falar o que penso e colocar a culpa na idade, se para não ser ridícula eu tiver de ser a louca, eu aceito. Enquanto a idade de ser a velha louca não chega, digo o que penso aqui. Você percebe que estou enrolando, Maria Izabel? Veja, passei da metade da folha do caderno e continuo sem te dizer qualquer coisa que faça sentido, não estou te escrevendo para falar sobre pesquisas e raios, quero falar do que vivi quando seu pai não estava aqui, do que descobri sobre mim e sobre a vida, do que perco quando ele está por perto. Preciso manter meu casamento, minha filha, nasci nos anos sessenta, não tenho essa facilidade em me separar que a sua geração tem, a gente não aprendeu a casar pra ser feliz, a gente aprendeu a casar pra casar, ter filhos, é o que tem que ser feito, e o que tem que ser feito só precisa ser feito, não precisa ser bom, entende? Eu já doei os melhores anos da minha vida ao seu pai, a esse casamento, já gastei a minha juventude preparando o café, mantendo as roupas limpas, marcando os médicos, não vou me dar ao trabalho de me separar agora, canso só de pensar. Mantenho o cabelo curto, vou ao cinema sozinha quase todas as semanas, entrei para o pilates, não me peça mais que isso.

Veja, minha filha, eu conseguiria começar uma vida em outro lugar, contar as histórias que quisesse sobre mim, largar o escritório e ensinar em uma universidade numa cidade litorânea, ganhar pouco e viver muito. Ninguém saberia quem é o seu pai, se tive ou não filhos, seria só mais uma mulher solteira dividindo a casa com um gato, uma samambaia e algumas jiboias. Aqui as coisas seriam diferentes, eu teria de responder onde ele está, lidaria com o olhar de pena das pessoas, quem disse que mereço pena? Odeio pena, Izabel! Pior que a pena é uma forma de me culparem, "Que incompetente, não segurou um marido tão bom, um homem direito, certeza que tem algo de errado com ela". Prefiro seguir a minha vida como está.

Seu pai passou dois anos fora das nossas vidas. No dia 18 de novembro de 2000, eu cheguei do escritório no horário do almoço, sempre trabalhei somente pela manhã às sextas, um luxo que me permiti. Que mentira, luxo nada, queria era garantir que a casa estivesse em ordem, as roupas, limpas e a geladeira, abastecida. Estava tudo em ordem, exceto o armário do seu pai. Os jalecos e a calça cinza que ele só trocava quando eu colocava para lavar estavam desaparecidos. As camisas que tantas vezes ensinei a funcionária a engomar, as golas retas e firmes, eram sinal de homem bem cuidado, eu precisava mostrar que era uma mulher que sabia cuidar, então ele sempre as usou engomadas e sem manchas amareladas nas axilas, todas lavadas à mão com sabonete Lux e água quente, só ele pra tirar as manchas, mas isso você não precisa saber, enfim, elas não estavam no armário, seu pai não fazia ideia da cor do próprio suor, as sujeiras dele desapareciam magicamente da roupa e, naquele dia, as roupas dele desapareceram magicamente do armário. Os dois sapatos sociais que ele revezava no dia a dia não estavam na sapateira, mas seu pai nunca soube arrumar a mala, eu sempre separei tudo que ele precisava levar para as viagens, mesmo as de trabalho em que ia sem mim. Deixou pra trás as meias e algumas cuecas, o pijama e a losartana.

Liguei para o hospital, para a clínica, queria apenas confirmar que foi premeditado, que ele não tinha sido sequestrado, que não tinha saído de mala e cuia para socorrer ninguém. Me contaram da licença, já fazia uma semana que ele não aparecia, indicou alguém para ficar no seu lugar. Tão responsável, muito sucesso na nova jornada, desgraçado, desgraçado, eu pensei, mas não disse, não falo essa palavra, desgraça atrai coisa ruim. Em quinze minutos eu estava na casa da sua tia, chorando, aquele infeliz me abandonou, aquele infeliz, tantas palavras que caberiam melhor, mas eu só chamava de infeliz. Passei dias em uma peregrinação constante até lá, adiei reuniões, deleguei audiências, eu só precisava chorar, mas não podia ser na sua frente, você precisava de mim forte. Eu chorava em outro lugar. Sua tia sentia pena de mim, eu sei, mas também sentia ódio dele, e isso era o bastante para me acolher.

Parei de chorar depois de alguns meses, já te contei isso, não vou me demorar nessa parte da história, quero te contar de mim, do que você não sabe da minha vida, da minha primeira ida ao cinema sozinha, do dia que gozei pela primeira vez. Como pode, minha filha? Eu descobri aos quarenta e um anos o que era um orgasmo, não sabia que meu corpo podia fazer aquilo, achei que ia morrer, caí no choro em seguida. Lá vou eu atropelando as coisas, é que esse assunto me arrepia até hoje, aprendi um caminho que não conhecia para o meu corpo, meu Deus, que vergonha falar disso com você! Mas talvez seja esse o problema, minha filha, a gente não fala da parte boa de ter um corpo. Fecha a perna, senta direito, tira a mão daí, emagrece, que cabelo bagunçado, dá um jeito nisso – não devia ser assim. Bota a mão, minha filha, bota a mão. Precisei da mão de outra pessoa para saber guiar a minha, isso tá errado, não tá?

O filme acabou, foi naquele dia que você me convidou para ir ao cinema, mas decidiu sair com as suas amigas, já te contei, provavelmente você não lembra, quem desmarca esquece, segue a vida, coloca outros compromissos, quem espera, não. Me acostumei a viver para você e para o seu pai, e, na falta de vocês, viver para o trabalho. Na falta do trabalho, aquele que faço fora de casa, manter as roupas de cama esticadas e cheirosas, os banheiros limpos, os móveis sem poeira, os exames médicos marcados, os panos de prato alvos, todos brancos, muito brancos. Organizar a sua vida e a do seu pai ocupava minhas horas, tomava todos os espaços e eu não precisava pensar em mim. A falta faz a gente se mexer, minha filha, eu não queria mudar nada, eu não queria ver falta nenhuma, ver a falta me fez querer fugir. Você agora sabe o tanto que uma criança pede, o que um casamento pede, e ele pede demais, o tempo todo. Me acostumei a dar, a manter a mente ocupada no que você estava fazendo, se estava bem, se tinha comido o brócolis, você precisa, você tem anemia desde muito nova, se está bebendo água, infecção urinária é coisa séria, você sabe disso e ainda assim não bebe água suficiente. Seu pai foi embora, eu olhei a losartana e imaginei ele passando mal e tive vontade de ligar para falar do remédio e do pico de pressão.

A ausência do seu pai abriu espaço, o tabuleiro do resta um não estava preenchido. Minhas peças precisaram se mexer, o ar circulou, o professor de teatro me chamou para jantar depois do cinema e eu fui. Ele era professor de teatro, e eu achei aquilo fascinante, um fingidor profissional, vivia nas fantasias, nos personagens, nas histórias inventadas por alguém, tão diferente do seu pai, preso à concretude dos planos rígidos, dos pulmões e rins e corações e triglicérides e HDL e LDL. Atravessamos a rua e sentamos no restaurante árabe da esquina, eu nunca tinha notado aquele restaurante, seu pai não gosta de comida árabe. Me acostumei a não olhar na direção do que ele não gostava. O que você quer comer? Ele perguntou, eu decidi experimentar algo novo, era noite de experimentação, estava ali conversando com um homem estranho, rindo e falando coisas que eu não sabia que pensava, uma estranha para mim mesma ao lado dele: *muhammara* com pão pita era a menor das minhas novidades.

Conversamos sobre livros e filmes, falamos sobre sonhos, sobre infância, ele me ouvia atentamente, olhava nos meus olhos, aquilo me encantava. Não era ele, mas sim poder ouvir a minha voz daquele jeito. Ele me escutava e me dava espaço para que eu me escutasse, fazia tanto tempo que eu não me escutava assim! A noite correu, uma maratonista acelerada, de repente eram onze horas, ficamos tanto tempo no restaurante e eu nem percebi. Ele me acompanhou até o carro, paramos na porta, meu coração acelerado, seu pai tinha sumido, mas eu ainda era casada, certo? Ou não era? Vasculhei na mente qual era o comportamento certo, o que uma mulher honesta precisava fazer, mas a mão dele alisou o meu rosto, meu cabelo entre os dedos, a pele jabuticaba tão próxima da minha. Na dúvida fui honesta comigo, deixei que o beijo acontecesse, beijei de volta, tinha esquecido que beijos podiam ser tão gostosos, esqueci o gosto da boca aberta, meu corpo queria mais. Eu não lembrava da toalha suja, da audiência do dia seguinte ou da sua possível infecção urinária, eu estava ali com ele e, principalmente, comigo. Foi bom.

Trocamos telefones, que coisa adolescente, Izabel, passar o dia esperando a ligação de alguém. Dirigi sorrindo até em casa, eu não conseguia acreditar, uma noite de estreias, a Bridget Jones, o cinema sozinha, kafta, uma *eu* solta, o beijo, uma *eu* feliz. Você chegou pedindo desculpas, quase meia-noite, achou que eu estava acordada te esperando, mas não, a minha vida aconteceu e eu não era só espera. Você dizia que sentia muito, e eu queria dizer que sentia muito também, cada pedacinho meu sentia como havia muito tempo não sentia, talvez como nunca, porque, quando adolescente, meu corpo não carregava o que aquele corpo de mulher carregava, eu sentia tanto!

Nos vimos algumas vezes, jantares, sorveterias, cinemas. Falamos da vida, contei do seu pai, "Como alguém pode desejar uma vida longe de você", ele disse, eu também queria uma vida longe de mim, por alguns instantes não culpei o seu pai por ter ido embora, éramos infelizes, absolutamente infelizes, eu não gostava de quem eu era perto dele, continuo não gostando, mas agora existo para além dele, e quem eu sou com ele não é quem eu sou, você consegue entender, Maria Izabel? Ainda estou aqui, mas já não sou a mesma. Certo dia fui até o apartamento do professor de teatro, ele preparou um jantar, a casa organizada, um filé ao molho de gorgonzola, louça limpa, a pia não estava um caos, a vida não estava um caos, e, se estivesse, aquele caos não era responsabilidade minha, eu sabia disso. Jantamos, vimos um filme, você passando o final de semana na casa da Catarina, eu decidi ficar. Os beijos ficaram mais intensos, de um jeito que eu nem sabia que era possível, descobri que sabia pouca coisa da vida, eu beijei e beijei e beijei até me cansar, a boca dele nos meus seios, eu esqueci que eram flácidos, eu não me importei, seios flácidos me dando um prazer absurdo, e a mão dele entre as minhas pernas, e eu riacho, e o calor da respiração dele onde antes estava a mão, e eu nem sabia que aquilo existia de verdade. Como pude sentir nojo quando sua tia me contava das aventuras dela? Eu sentia tantas coisas, e o meu corpo arrepiava e o meu coração acelerou e eu achei que ia morrer. Achei mesmo, o corpo não nasceu pra aguentar algo tão forte, por alguns segundos meu coração parou, tenho certeza. As pernas tremiam, não paravam de tremer, e eu já não controlava nada nem queria controlar, ele dentro de mim, nunca foi tão bom, eu não sabia que podia ser tão bom, a sensação de que eu ia morrer veio de novo, agora diferente, eu não sabia que um jeito de gozar existia, imagina dois? Quando acabou eu chorei, ele perguntou se estava tudo bem, eu disse que sim, ficamos abraçados. Eu chorei porque não sabia que meu corpo podia me dar tanto prazer, quantos anos eu perdi, que corpo era aquele e o que mais eu não conhecia dele? Me senti chegando em uma casa nova, mas sabendo que era minha, meus olhos ainda enchem de lágrimas, tantos anos depois. Quanto tempo eu perdi longe de mim, minha filha?

Ficamos juntos por mais tempo, você brigava comigo por causa do seu pai, do tempo, da chuva, dos motivos mais desnecessários e impossíveis, ele me desafogava, a vida tinha algum equilíbrio. Experimentei meu corpo sozinha e acompanhada, a minha mão, as mãos dele, a boca dele, tantas sensações. Eu era uma criança num parque de diversões, eu queria ir em todos os brinquedos, de todos os jeitos, eu queria tudo de uma vez. Até que, do nada, seu pai voltou, bateu em nossa porta, me pediu uma chance, desgraçado, chegou no horário que você estava em casa, não me deixou pensar sem você, suas lágrimas de alegria, minhas lágrimas de tristeza e surpresa, onde ficaria meu gozo?

Deixei ele voltar, era o que uma mulher honesta deveria fazer. Mas honesta com quem? Que desonestidade com o meu desejo!

Depois te conto o que aconteceu com o professor de teatro. Ele cumpriu seu papel e nos despedimos, a vida e suas surpresas. Esse assunto me cansa, fico pensando o que aconteceria se o seu pai não tivesse voltado, se eu não tivesse aceitado, se ele tivesse chegado e você estivesse na escola. Me perco nos "e se", não quero mais me perder em nada. Simplesmente não quero.

Segunda-feira, 4 de agosto de 2008.

Você entrou na cozinha agitada, falando pelos cotovelos, muitas revistas na mão. A foto das moças com cabelo cheio de laquê, arranjos de flores e diferentes modelos de vestido branco me fizeram arrepiar, pressenti o que viria, conseguia imaginar as suas falas antes da sua boca emitir qualquer som.

"Mãe, decidi me casar. Já ia acontecer mesmo, a gente se ama muito, o papai está certo, o bebê só vai adiantar as coisas. Você me ajuda a organizar? Pensei em casar pela manhã, sabe aquele hotel onde a gente almoçava quando eu era criança, o Esperança? O jardim é tão lindo, liguei para a gerente, ela disse que alugam o espaço para casamentos, acho que vai ser perfeito! Preciso organizar o *buffet* e escolher um vestido que consiga disfarçar a barriga. Por falar em barriga, cê acha que tá tudo bem casar com quatro meses de gestação? Teríamos dois meses para organizar tudo!"

Você seguiu falando e falando, eu me esforçando para ouvir, para estar com você, mas uma tontura me tomando, "O papai está certo" ecoando repetidas vezes, que vontade de vomitar. Seu pai estava certo, mas foi a mim que você pediu ajuda, fui eu quem visitou inúmeros *buffets*, quem convenceu a florista a juntar as margaridas, as rosas e os lírios na decoração, mesmo que ela julgasse uma combinação estapafúrdia. Fui eu quem segurou o choro ao te ver de branco, empolgada e feliz, mesmo querendo te pedir paciência e calma. Fui eu quem te ajudou com a mudança e com a escolha do apartamento e do enxoval. Seu pai ficou com a função de posar nas fotos, pagar uma coisa ou outra e criticar as escolhas que fiz. Coloque em perspectiva, minha filha, é fácil ele dizer que te apoia em suas decisões quando não precisa te ajudar a sustentá-las. Administrar ideias é simples. O casamento para ele foi um ótimo negócio, investimos coisas diferentes na nossa união, tivemos retornos inversamente proporcionais, fui vivendo à sombra dele e achando normal, não percebi que também precisava de sol para crescer, o sol era todo dele.

Puxei a cadeira, você espalhou as revistas na mesa, as noivas me olhando, coques, véus, grinaldas, qual buquê é a tendência, não erre na escolha do vestido, quantas madrinhas é o ideal para cada cerimônia, e eu me perguntando quantas de você seria o ideal para manter a casa limpa e as roupas passadas e o seu jaleco e o dele brancos, muito brancos, e as roupas do bebê e a mancha de cocô do macacão. Eu só pensava no que aconteceria após a cerimônia, tinha vontade de te falar para decidir o recheio de baba de moça ou doce de leite, mas também definir quem vai lavar a louça e trocar o bebê na madrugada. Seu vestido de noiva iria parar para sempre num armário que você teria de manter organizado e limpo, sem pó, sem traça e sem mofo.

"Maria Izabel, você não precisa adiantar nada. Por que não pensa só no bebê agora e depois, no futuro, você casa? Podem morar juntos, se for o caso, mas é muita coisa de uma vez!"

Você me olhou magoada, me disse que eu não torcia pela sua felicidade, que não era porque eu não conseguia ter um casamento feliz que você não teria. Assim, como se eu estivesse sozinha no meu casamento infeliz, como se seu pai apenas seguisse os meus passos. A culpa era minha, sempre minha, sou péssima em edificar as coisas.

Então, começou a chorar, me disse que estava com medo, que eu podia só te apoiar e não criticar, que você já tinha muitos medos e não precisava dos meus. Mas, minha filha, até hoje eu não sei quem sou sem meus medos. Naquele ano eu tinha desistido de viver uma vida só minha, sentia medo o tempo todo, por mim e por você. Eu não queria você com a minha vida, tinha de haver outro destino. Mas percebi que não adiantava nada falar, sua decisão já estava tomada, me restava a resignação. Peguei uma revista, folheei-a, as noivas sorriam, estúpidas, lindas. Preferi dizer "Olha, esse aqui pode ser usado mesmo que a barriga cresça um pouco". Você enxugou as suas lágrimas, eu engoli as minhas, "Esse aqui é muito bonito também".

Eu me casei na primavera. Seu pai e eu tínhamos vinte anos, éramos tão jovens, tão inocentes! Os encontros na praça aos domingos viraram mãos dadas na missa, almoços em família, beijos sorrateiros no sofá. Seu pai me escrevia lindas cartas apaixonadas, eu retribuía com páginas e mais páginas derramadas na madrugada. No sábado à tarde a sua tia nos acompanhava em longas caminhadas pela cidade, ele me contava dos sonhos dele, eu amava escutar, me sentia vendo um filme, era tudo tão bonito, tão doce. Nunca entendi que aquela seria a minha vida também, que eu não estaria na plateia, os sonhos dele se misturariam aos meus e eu desaprenderia a sonhar. Não sei dizer em que momento meus sonhos se emboloraram em um canto perdido da vida. Hoje, quando tento me lembrar daquelas tardes, tenho a sensação de que eu não falava de mim, a vida dele parecia mais interessante, mais animada, mais promissora. Enquanto eu abria livros de direito, ele abria corpos na faculdade, eu não podia competir! Quem queria saber de leis e usucapião e sucessões se podíamos falar de infartos e artérias e bebês nascendo?

Um dia, já namorávamos havia dois anos, seu pai mudou o itinerário do nosso passeio. Entrou em uma rua bonita, árvores altas e frondosas, parou diante de uma casa velha em um terreno enorme. "Vamos criar a nossa filha aqui", ele disse, como se o casamento e um filho fossem uma certeza. Ele não me perguntou se eu queria me casar, morar ali ou sequer ter uma filha. Ele afirmou, espalhou sobre mim suas certezas, e eu gostei. Gostei de estar naquele sonho, naquele futuro, imaginei a casa reformada, criança correndo, cachorro latindo, que história bonita, eu a queria para mim. Aos dezoito anos eu carregava no anelar esquerdo um pequeno diamante cravejado em um anel de ouro, um símbolo do meu futuro, e eu amava escutar "Minha noiva" e dizer "Meu noivo", era tão sério, tão comprometido, tão maduro. A voz suave do seu pai era oposta aos gritos do meu, a mão gentil que segurava as minhas não bateriam em ninguém. Sonhar com a casa nova passou a ser meu passatempo favorito. Qualquer data comemorativa virava desculpa para aumentar meu enxoval, sua avó comprava toalhas felpudas e talheres de prata, as amigas dela me davam conjuntos de mesa rendados, minhas tias me desejavam feliz aniversário entregando grandes caixas de panelas inox e porcelanas. Meu casamento e eu estávamos virando uma coisa só e nem tinha me casado ainda.

Tudo acontece de um jeito tão sutil, minha filha. Quem a gente é, quem o marido é, quem os filhos são, tudo em um único balaio, sacode, sacode, a gente vira uma coisa só muito rápido. Um dia antes do casamento a minha mãe entrou em meu quarto, perguntou se tudo estava pronto para a noite de núpcias, se a camisola que me deu coube bem, me falou que eu tinha sorte, tinha achado um bom marido, saiu, fechou a porta, eu cheia de perguntas e dúvidas e medos, muitos medos. "Mãe!", ela não ouviu. A porta continuou fechada, sempre foi assim.

Entrei na igreja cheia, caminhei até o altar de braços dados com o meu pai, ele usava um terno grafite, um sapato preto que brilhava de tão lustrado. O seu pai me esperando, o sorriso iluminava a igreja, tão bonito, meu pai me entregando para o seu, eu não era minha nessa transição. Saí da igreja com um novo sobrenome, aquela porta enorme, uma grande vulva parindo uma pessoa que eu que nunca me perguntei se queria ser.

Tenho medo de ser injusta, minha filha, de falar como alguém que reclama da vida sem motivo. Sou saudável, a existência não me trouxe grandes tragédias, as coisas são simples e comuns, todo mundo sofre afinal de contas, eu não quero parecer uma ingrata sufocada pela própria amargura. Mas também não me parece justo fingir que está tudo bem nem que sempre esteve. Não quero ser amarga nem mentirosa e não sei onde mora o equilíbrio entre esses polos. Eu me pego pensando em como seria a vida se eu não tivesse entrado naquela igreja, se tivesse atravessado a rua quando o menino de olhos profundos me roubou o silêncio pela primeira vez, se eu tivesse falado que comprar aquela casa e me casar e ter uma filha era o sonho dele, não o meu.

Você estava linda no seu casamento, o vestido branco contrastando com o caramelo da sua pele, as flores brancas e amarelas na mão, o pequeno arranjo dourado no cabelo cheio, o dia de sol ornando com a sua alegria, que momento bonito. Não sei que lembranças você guarda, se são memórias que cruzam com as minhas ou se distanciam a ponto de gerar estranhamento, por isso faço tanta questão de recontar os fatos, porque meu ângulo certamente não é o mesmo que o seu e eu quero falar do meu, já que quase não penso nele. Queria ouvir o seu, mas tenho medo de me perder, tenho facilidade em abrir mão do meu ponto de vista, me diluir nas conclusões alheias e acreditar que as coisas aconteceram de forma diferente do que me lembro delas. Preciso me agarrar a cada detalhe, a cada lembrança, revisitar os momentos, te contar como existi neles.

Entrei no quarto da pousada, você se olhava no espelho, me pediu um abraço, me disse que estava com medo, larguei a bolsa na cama, corri para te abraçar, "Não chora, minha filha, vai borrar a maquiagem, não chora". Eu queria dizer que você podia desistir, que a gente podia sair da festa juntas, que criaríamos a sua filha só eu e você, mas as palavras se deformavam à medida que chegavam à boca, te falei pra seguir firme, que você seria feliz. Você segurou as minhas mãos, a barriga ligeiramente redonda preenchendo o vestido, eu não sabia o que dizer, apenas fiquei ali, ao seu lado, fiquei e fiquei até que alguém bateu à porta, tudo pronto, hora de ir. Saímos juntas, seu pai chegou sorrindo, tomou a sua mão da minha, você não resistiu, era ele quem te levaria ao altar, não eu.

Você se casou feliz, sua teimosia em buscar a felicidade é uma das suas maiores qualidades. Seu noivo chorava de emoção ao te olhar, seu sorriso reluzia, a amplitude do gramado da pousada me fazia acreditar que tudo seria diferente pra você. Mas a realidade é impiedosa, Iza, ela não negocia com as nossas esperanças. Um bebê chorando e a falta de sono não são bons ingredientes para começar a preparar uma família, há que se ter muita habilidade para cozinhar pratos gostosos com itens difíceis. Você reclamando do cansaço, da rotina, dos esquecimentos do seu marido, ele afirmando que você mudou, que já não era mais a mesma, mas é claro que não era, quem continua a mesma depois de produzir um ser humano?

Imaginei cada instante da briga que culminou na sua separação. Sei que o divórcio não acontece por um único motivo, que não há uma única palavra, gesto ou discussão que finalize uma relação, que esse é um preparo de longo cozimento. Mas há sempre um dia em que a panela precisa ser desligada, o prato servido, independentemente da louça ou da mesa posta. Você me narrou parte da conversa, eu preenchi as lacunas, precisava viver um pouco da sua coragem em assumir o fim de um casamento que começou havia tão pouco tempo. A noção de tempo da sua geração é diferente da minha, não sei se já percebeu isso. Três anos é um casamento-bebê, eu jamais terminaria uma relação assim, insistiria, deixaria crescer, doaria a ele os meus fluidos de vida mais profundos, morreria para vê-lo viver, maldita aranha que me impressionou tanto. Vocês, jovens, não se doam de verdade a mais nada. Desistem facilmente. Mas no fundo eu não queria ver você insistindo em algo que tanto te dói. Ninguém ama por dois, e a Maria Izabel que ele amava já não existia, a mesma mulher que ele ajudou a construir, ele deixou de amar. Você contou pra ele durante a briga, minha filha? Falou que o seu mau humor e cansaço tinham doses da negligência dele? Falou que não havia desejo porque você precisava pensar em mil detalhes, inclusive na alergia a leite da filha de vocês e precisava planejar cada detalhe do lanche enviado para a creche? Você falou que, enquanto ele pensava em artrites e lombalgias e osteoporoses, você pensava na carótida comum e no sabonete que não arde os olhos, na cúspide septal e na lista do mercado, na estenose mitral e no presente do aniversário da coleguinha que, inclusive, caía no mesmo dia do seu plantão? Você gritou que precisou diminuir seus plantões, que o *Tratado de cardiologia* divide o espaço na mesa com *O cérebro da criança* e que seriam necessárias muitas de você pra sustentar o mesmo que você sustenta?

Eu te imagino gritando, entre lágrimas, falando que já não aguenta mais tentar sozinha, "Chega, acabou, pedir cansa tanto quanto fazer e eu vou escolher os meus cansaços!". Ele te implorando por mais uma chance, "Só uma", você dizendo que as suas chances seriam apenas suas e de mais ninguém. Foi assim, minha filha? Será que um dia saberei os detalhes? Será que um dia confirmarei que a sala do apartamento estava escura e só a luz da TV mudava as cores do ambiente, que você usava a sua calça jeans preferida porque ainda não havia se trocado, mesmo tendo chegado do hospital havia algumas horas? Quando a ferida cicatrizar falaremos sobre isso ou fingiremos que nunca existiu? Digo que não gosto de viver do passado, mas carrego a sensação de que o passado é a única coisa que realmente tenho, o futuro é uma dúvida incômoda.

Desde o seu divórcio não durmo bem. Caminho pela casa na madrugada, sento no sofá com um livro na mão, relendo a mesma página sem compreender o que está escrito. Troquei o relógio da cozinha, comprei um novo, sem frutas e desenhos de comida, me irrito mais facilmente com a voz do seu pai. Será a sua liberdade escancarando a minha prisão? Logo agora que meus rancores diminuíram, que as coisas encontraram um ritmo menos pesaroso? Me conformar com a vida já não doía, e vem você e me mostra minhas faltas, não quero encará-las.

Queria ter essa conversa com você, te servir um vinho, encher a minha taça, falar sobre a vida, mas a sua presença tensiona meus ombros, perto de você só sei ser a sua mãe, então trocaremos por aqui, garantindo uma distância segura entre nós, quem sabe um dia o *brie*, o gorgonzola e o Catena Zapata nos acompanhem.

Terça-feira, 30 de dezembro de 2008.

Guardo comigo a sensação de que você queria ser enganada, Maria Izabel. Um ano inteiro acreditando que seu pai estava no Médicos Sem Fronteiras, sem conseguir escrever ou ligar ou mandar um sinal de fogo é uma afronta a qualquer inteligência minimamente razoável. Eu sei que você era apenas uma adolescente de quinze anos, uma menina, mas já era bem sagaz. Concluiu que o Papai Noel não existia quando tinha apenas cinco anos, me chamou com a sua cartinha na mão, "O Papai Noel nunca recebeu a minha carta, ela estava no seu quarto, mãe. Não existe nenhum velhinho que dá presentes para as crianças, não é?". Eu tentei argumentar, fantasiar, dizer que ele leu e me devolveu, mas você não aceitava os meus argumentos, para cada fala tinha uma resposta na ponta da língua, "Me diz a verdade, mãe".

Dez anos mais velha, como você pôde acreditar na missão humanitária do seu pai? Sinceramente, minha filha, faz-me rir. Não te julgo. Por vezes a gente desvia da verdade, se agarra à mentira para seguir respirando, prefere a ilusão, encarar a crueza dos dias demanda demais. Como encarar a verdade: seu bom pai, brincalhão e gentil havia decidido que a vida estava incompleta, que precisava de mais do que ofertávamos, então partiu sem sequer dar tchau. Quando ele voltou e você perguntou por quê, como ele pôde sumir da sua vida assim, ele respondeu que não conseguiria te dizer tchau, que te amava tanto que a sua dor o deixaria sem chão, que já não era o pai que você merecia e, por isso, precisava se afastar. A covardia transbordando em cada palavra, o egoísmo desavergonhadamente escancarado, você chorando, abraçando e perdoando. Onde estava a menina astuta que só precisou de uma pequena pista para fazer a ilusão do Papai Noel desmoronar?

Encarei o desaparecimento do seu pai em novembro de 2000. Você se recorda dos anos 2000, minha filha? A virada do milênio foi uma loucura. A cada dia as previsões de que 1999 seria o último ano da humanidade cresciam. Videntes, cartomantes, profetas, todos tinham uma catástrofe na ponta da língua para nos fazer tremer de medo do futuro. Eu fingia não acreditar em nada, mas fiz a contagem regressiva no réveillon com o coração apertado, uma angústia indizível doendo no peito, um desejo profundo de que todos estivessem errados e a vida simplesmente seguisse sendo a mesma, só que em um ano diferente. Quando o calendário marcou primeiro de janeiro de 2000, os tetos não desabaram, nenhum asteroide gigante atingiu a Terra, os telefones continuaram dando linha, os computadores não desligaram automaticamente, os carros continuaram funcionando e pedindo gasolina e superaquecendo. O ar voltou a circular nos corpos humanos, os nós na garganta se dissiparam e a maioria de nós voltou a preparar o café, ir para o trabalho, lavar a louça e falar mal do preço do pão, voltando à mesma padaria no dia seguinte. Passei o ano acreditando que o seu pai entrou em alguma espécie de crise. Quis reformar a casa, pintar as paredes, mudar os móveis do seu quarto, reformar a piscina. Acreditei que a expectativa do fim do mundo havia provocado um terremoto, as coisas saíram do lugar e ele não conseguia organizá-las novamente. Só depois entendi que não, que era tudo premeditado, ele estava expiando a própria culpa, passou o ano pintando paredes, como se fosse possível esconder as manchas da ausência em nós. Reformou o seu quarto, um armário novo para compensar só nós duas na foto do seu aniversário de dezesseis anos, uma cama nova para que você pudesse chorar em um lugar bonito e macio, uma vida nova em que seguiríamos caminhos diferentes. Mas não fomos previamente informadas de absolutamente nada, ele se preparou, planejou o fim do jeito que bem quis e nos restou aceitar.

    Passei alguns meses procurando sinais. Olhei as contas telefônicas, liguei para todo número desconhecido, revivi cada instante das conversas que tive com ele: onde eu errei, o que não vi, o que perdi? Prometemos na igreja que seria para sempre, o padre, as famílias, as testemunhas, todo mundo viu, eu estava cumprindo a minha parte, fiquei ao lado dele na saúde e na internação por apendicite, na compra de casa caindo aos pedaços e no financiamento da reforma, eu fiquei, minha filha. Quem não sustenta as próprias promessas? Fui à clínica algumas vezes, vigiei cada enfermeira, secretária e médica do hospital, me perguntei por quem ele havia partido, qual delas tinha feito oferta maior que a minha? Sua tia me chamando de louca, me mandando seguir em frente, ela não entendia que não era o seu pai que eu queria, era algo maior. Eu queria o futuro que planejei, as tardes de domingo dos meus sonhos, as fotos das viagens em família, o nome dele perto do meu nos documentos. Não perdi o marido, perdi o futuro. Como aceitar algo assim com tranquilidade, Maria Izabel?

Esperneei, gritei, chorei, o chamei de infeliz mesmo desconsiderando que eu também estava infeliz. Quem estava feliz, afinal? Na sua frente eu sorria, contava histórias inventadas sobre os Médicos Sem Fronteiras, enxugava seu choro de saudade, dizia que seu pai te amava demais, quem é louco o suficiente pra não te amar? E você acreditava, Coelhinho da Páscoa não fazia sentido, mas seu pai em um país distante salvando vidas sem qualquer comunicação, sim.

Vivemos um ano nos esquivando da verdade, mudando a rota para sustentar a ilusão, o elefante na sala virou parte da decoração. Até que um dia o telefone tocou, a mãe da Catarina me dizendo para não me preocupar, pois você estava lá, mas não queria voltar para casa, "Minha mãe é uma mentirosa", repetia sem parar. "Não sei o que houve, Cristina, ela não para de chorar, talvez seja melhor ela dormir aqui hoje até as coisas se acalmarem." Eu não entendi o que estava acontecendo, queria você em casa, queria explicações, "Quem ela pensa que é pra decidir não voltar pra casa?". Queria gritar que você não era o seu pai, não tinha esse poder, a canalhice não podia ser genética. Insisti em ir te buscar, ela me disse que não, "Espera, vou conversar com ela e mais tarde chegaremos aí". Cinco horas infinitas se passaram, inventei todo tipo de cenário, minha única mentira que valeria um escândalo era sobre o seu pai, e o ódio a ele deveria ser maior que a mim. Você entrou pela porta com os olhos inchados. "Nunca mais fala comigo!", foi a única frase que dirigiu a mim. "Eu falo e você vai responder, porque eu sou sua mãe, eu sou sua mãe, Maria Izabel, sua mãe!", eu repetia para mim e para você, não podíamos esquecer os nossos títulos, os nossos deveres, toda dor deveria caber na forma que destinamos a ela, nem um centímetro a mais.

"Me chamaram de mentirosa na escola, viram o meu pai em um bar com uma mulher. Ele não está no Afeganistão, na Argélia ou em Bangladesh, ele está aqui, indo a bares e saindo. Você mentiu pra mim, você mentiu pra mim e eu sou a mentirosa da turma, a culpa é sua, toda sua!" Você derramou um monte de entulho sobre mim, os escombros da minha história, a verdade sobre o seu pai. Fiquei paralisada na sala, soterrada pelo assombro, queria matar o seu colega, seja lá quem for, quem ele pensa que é para falar do nosso elefante? Queria matar o seu pai, mas essa vontade já era íntima minha fazia tempo. E, sobretudo, queria matar você e a sua audácia, aquele grito não era pra mim, eu não era culpada de nada, que injusta, que injusta!

"Fala alguma coisa!", você me dizia, mas eu ia falar o quê? Eu acreditava que seu pai estava em outra cidade, em outro estado, quiçá em outro país. Quem sabe finalmente tivesse decidido morar em Joanesburgo, começar uma vida do outro lado do oceano. Não imaginei, nem por um segundo, que ele continuaria na nossa cidade, frequentaria um outro supermercado ou outros restaurantes e julgaria essa mudança suficiente para recomeçar a vida. Quando saí de casa, dirigi por cinco horas. No dia seguinte dirigiria por mais doze. Queria garantir uma distância imensa, não arriscaria te ver derrubando o extrato de tomate no supermercado, abismada, por me ver de longe. Só de imaginar a cena meu coração acelera, eu com o cabelo curto, unhas compridas, gargalhando com uma amiga, você no final do corredor de macarrão, molho e extrato, a lata caindo no chão, seus olhos arregalados, sua pele acinzentando, empalidecida, "Promoção de milho--verde em lata no corredor sete, pegue um e leve três" é o único som possível. Meu Deus, minha filha, quem corre um risco desses e consegue levantar da cama?

Por que em vez do Pedro, ou Vinicius, ou Marcelo, ou seja lá quem for, por que quem viu seu pai não fui eu? Por que eu não o encontrei no restaurante, de mãos dadas com uma mulher de longos cabelos cacheados, por que não fui eu a vê-lo sorrindo e segurando as mãos dela? Eu o faria arrumar as malas e sumir no mundo, dirigir quilômetros e quilômetros para não te fazer sofrer, um tempo depois falaria que ele desapareceu, seu pai pegou uma doença séria no Camboja, não resistiu, muito contagiosa, o corpo não poderia vir para casa, enterraram imediatamente. Seu bom pai humanitário teria morrido cuidando de idosos acamados e crianças subnutridas, um verdadeiro herói. Você choraria a morte e doeria menos que chorar por um abandono. Todas as vezes que a raiva de o ter perdido viesse, todas as vezes que se perguntasse *Por que ele foi, por que não ficou aqui?*, uma justificativa viria à sua mente: *Pelo menos morreu salvando alguém, que coração gigante*. Ódio e orgulho se misturariam e ficaria uma história bonita pra contar, triste, mas bonita, que a sua filha contaria para as amigas e para os próprios filhos, esse herói seria uma lenda passada de geração a geração.

Mas, em vez disso, ele ficou. Deu as mãos a alguém e entrou em um restaurante, comeu calmamente, desfazendo a minha mentira e se deixando ver por qualquer um que estivesse por perto, sem pudor ou medo. Você estava ali, gritando, berrando, aquele grito era para ele, não para mim. Mas era eu que estava em casa, fui eu quem fiquei, era eu quem continuava preparando café e pão na chapa, era eu quem te deixava na casa das suas amigas e comprava roupas e perguntava se estava estudando. Era eu quem falava que o vestibular estava chegando, era eu, sempre eu, era eu quem escutava o berro sem ter te desmamado. "Fala alguma coisa, mãe!", você continuava gritando, mas eu não sabia o que falar, a minha voz estava encolhida, atrofiada, da minha garganta fechada não sairia nenhum som. Meus músculos petrificados, eu queria reagir, queria mesmo, mas nada em mim se mexia, só uma lágrima – essa, sim, ativa, viva, determinada – escorreu. As palavras, a angústia, a decepção e o assombro virando uma bola no meu estômago, uma trouxa espinhosa, que sensação ruim.

Não sei quantos minutos passamos ali, paradas, eu olhando pra você, você esperando uma justificativa que eu não tinha pra dar, me faltava reportório, ideia, imaginação, a minha dor era grande e pulsante, e eu não conseguia pensar na sua. Saí do transe quando a porta do seu quarto se fechou num estrondo. Sentei no sofá evitando uma queda, os escombros pesando em mim, não havia estrutura que suportasse tudo aquilo. Liguei para a sua tia, falei baixinho, "Ele está na cidade, ele não foi embora. E está com outra, como ele pôde, como pôde, como pôde?". Queria bater na porta do seu quarto e ter o que dizer, mas não invadiria o seu luto com as mãos vazias, então permaneci no silêncio do sofá. A sala enegreceu com a chegada da noite, um manto escuro que me cobriu. Os seus soluços diminuíram no quarto e eu engoli os meus.

Queria me dissolver naquele breu, mas meu corpo, estupefato, resistia.

Adormecemos cada uma em seu sofrimento, isoladas pela casa. Acordei às quatro e meia, tomei um banho, chorei o meu pavor, me preparei para te encontrar. Algumas horas depois você surgiu na cozinha, exigiu respostas, insistiu no "Fala, mãe!". Falei. Contei do dia que cheguei em casa e as roupas não estavam no armário, contei do meu medo de te ver sofrer. "Eu sou sua mãe e precisava pensar no seu bem", repeti para mim e para você, mas nenhuma justificativa era suficiente. Você dizia que o seu pai jamais te abandonaria, tinha certeza de que eu tinha feito algo, alguma coisa não estava bem contada nessa história, "O que você está escondendo de mim?". "Nada, minha filha, não estou escondendo nada." Seu tom de voz aumentando, a minha irritação também, "Vá agora para o seu quarto, Maria Izabel!", a porta batendo com força novamente.

Não sei como seu quarto ainda tem uma porta, quantas vezes ela foi usada para descontar a raiva de mim, do seu pai e da vida? Quantas vezes deixou que ela carregasse a sua dor e ela, conformada, obedeceu? Os dias avançaram, você queria mudar de escola, ir para longe, pagar a conta pelo erro que não foi seu. Conversei com a diretora, com a coordenadora, "Protejam a minha filha". Algumas faltas foram abonadas, você voltou a frequentar a escola e deixou de ser notícia quando o professor de física beijou uma aluna, um escândalo desses era grande o suficiente para esquecerem do seu pai mentiroso.

O final de ano me trouxe lembranças do seu pai sentado no chão montando uma cozinha de brinquedo para a sua filha, ela mal sabia articular as palavras, mas já tinha uma pia, uma geladeira e um fogão. "Que vovô maravilhoso!", dizem os nossos amigos. Eu nunca imaginaria que essa cena seria possível, que sobreviveríamos àquele dia terrível, às acusações de mentirosa, ao abandono e ao retorno. Que você o perdoaria, o amaria e o chamaria de pai novamente. Queria jogar o assunto na pia cor-de-rosa, falar da gordura impregnada que fingimos não ver. E, aparentemente, somente eu sinto o cheiro de comida velha e azeda.

"Vocês são uma família feliz", diria alguém pouco informado sobre a nossa história, alguém que acredita que somos uma foto e não um longa-metragem. Esse frame, seu pai e sua filha sentados no tapete felpudo, você no sofá, sorrindo e observando, eu na cozinha contemplando a cena de longe, que beleza de união! Tanta coisa morando no não dito, no não assumido, esse silêncio me cansa. Não te cansa, minha filha?

Segunda-feira, 20 de abril de 2009.

Tenho andado saudosista. Os cinquenta anos se aproximam e a certeza de que me resta menos tempo a viver do que o já vivido me angustia um tanto. Não torça o nariz, Maria Izabel, não tente me convencer de que ainda sou jovem e que envelhecer hoje não é como antigamente, porque sou de antigamente, quer você aceite isso ou não. Que mania você tem de querer impor as suas convicções sobre mim! Meus pensamentos são sempre inadequados, arcaicos, desajustados. O que você espera? Que eu pense como você? Não vai acontecer, a idade tem recaído nos meus ombros com um peso que as mulheres da sua geração desconhecem, portanto, guarde para si as suas lições de moral, não preciso de nenhuma delas.

Cá estou, brigando sozinha, você não vai ler o que escrevo, não verei seu nariz fazendo qualquer movimento, mas tenho muitas respostas entaladas na garganta, procuro desculpas para soltá-las sem o risco de ser punida. Sempre fui uma boa menina, Iza. Sua tia ocupava o espaço da questionadora, desaforada, rebelde. Minha mãe fazia questão de dizer "Cristina é a indenização que a vida me deu depois de me dar a Carla", a sua tia não parava de aprontar, eu tinha muita reparação a fazer, uma conta que nunca fechava.

Me lembro como se fosse hoje quando a sua tia me contou que estava grávida. Me chamou no canto do quarto, os olhos vermelhos de chorar. "Se prepara, Cristina, as coisas ficarão difíceis aqui em casa." "Difíceis por quê, o que vai acontecer?", eu perguntava ansiosa, sua tia quase não chorava, o que a teria feito derramar tantas lágrimas assim? "Eu vou ter um bebê, e vou ter sozinha, o pai nunca vai saber. A mamãe vai enlouquecer, o papai também, então se prepara, Cristina, se prepara." Eu ia me preparar como, Maria Izabel? Uma tempestade chegando, minha casinha frágil, me encolhi e torci para não ser levada pela enxurrada. A partir daquele dia eu acordava com o coração sobressaltado, *será hoje que vão descobrir e os raios vão cair, vários deles, incendiando tudo ao redor, os trovões ensurdecedores virão, e o que já não é bom ou tranquilo vai estragar para sempre?* Um mês depois sua tia desmaiou, passou muito mal, vomitou na sala de aula, foi levada para a emergência, o médico perguntou como estava o pré-natal. "Que pré-natal, doutor? Minha filha tem dezessete anos, ela só passou mal. Deve ser uma indigestão, essa menina come como um avestruz, já avisei tantas vezes pra não misturar comida assim, come qualquer coisa. Examina direito, doutor." Carla começou a chorar, chorava alto, sua avó entendendo tudo, "Ai, meu Deus, ai, meu Deus, como isso foi acontecer, que desgosto, meu Deus, que desgosto", ela clamava por Deus, como se por misericórdia ele fizesse o tempo voltar, mas o ponteiro do relógio não retrocedia nem um milímetro.

"Quem é o pai? Ele vai ter de assumir, você vai casar, está me ouvindo, vai casar!" Sua tia dizendo que seria uma criança sem pai, que tinha mãe e isso era o suficiente. "Você é louca, sua irresponsável, meu Deus, como eu vou contar para o seu pai?" Sua avó chorava mais que sua tia, choramos por todo o caminho, do hospital até em casa, eu chorava por solidariedade, parecíamos recém-saídas de um velório. Enterramos algo, eu não sabia dizer o quê, "Eu preferia ter parido um rolo de arame farpado do que ter te trazido pro mundo", minha mãe falava absurdos quando estava com raiva, quem fala uma coisa dessas? Eu imaginando aquela cena, que horrível, que horrível. Sua tia nunca escutava nada calada, mas dessa vez escutou, não se defendeu, não acusou, engoliu a dor sozinha. A tristeza e o bebê seriam só dela. Minha mãe implorando para saber quem era o pai, "Fala, Carla, fala, seu pai vai me matar!"

Meu pai chegou em casa do trabalho, sentou-se na poltrona, um estofado marrom-escuro que ficava no canto da sala e que somente ele utilizava, ninguém mais, uma espécie de trono, só agora vejo. Tirou os sapatos, o chinelo já o aguardava. Minha mãe sempre deixava tudo pronto, "seu pai está muito cansado", ela dizia, eu acreditava, apesar de achar que ela parecia mais exausta. Os olhos fundos que ela carregava eram menos dispostos que os dele. "Por que você está com essa cara?", ele perguntou, não gostava de tristeza, de gente infeliz, "A vida é tão boa". Fui para o quarto com a sua tia, sua avó queria contar a notícia sozinha. "Fiquem no quarto até eu avisar que podem sair." Escutei os gritos, muitos deles. "Como você deixou acontecer, que tipo de mãe você é? Como assim ela não vai contar quem é o pai? Descubra, sua única obrigação é cuidar delas e nem isso faz direito!" Ele falava e eu tentava não ouvir, queria uma família que pensasse antes de falar, acho que por isso penso tanto. Porque sei bem o que é ouvir coisas impensadas. Ele esbravejava, ela no mais absoluto silêncio, a barreira seria rompida mais tarde, conosco, era sempre assim. Sua tia queria sair do quarto, aquela era uma briga dela, eu não deixei, "Vai ser pior, pensa no bebê, ele só tem você". Ela alisou a barriga, se jogou na cama. Ali começou a virar mãe, tenho certeza de que foi naquele instante.

Passamos o resto da noite em silêncio, ninguém foi no quarto nos ver, dormimos abraçadas na minha cama de solteiro, não sabíamos o que encontraríamos no dia seguinte, o que restaria de pé após a tempestade. Acordamos com a minha mãe entrando no quarto, "É a última vez que te pergunto, Carla, quem é o pai dessa criança, fala!" As mãos dela apertando o braço da sua tia, os braços dela com marcas de dedos arroxeadas, o grito preso na garganta estrondando no quarto. "Eu não vou falar, mãe, não adianta, esquece, eu não vou contar, é de Deus, você não viu a estrela e o anjo vindo avisar?" O tapa estalou no rosto, "Pare de heresia, seu pai vai te expulsar de casa, não é hora de gracinhas, sua vadia irresponsável!" "Para, mãe!", eu chorava, "Para, mãe, pensa no bebê." "Se eu pensar nesse bebê, tiro ele de dentro da sua irmã no tapa", ela falou saindo do quarto. Já se passaram mais de trinta anos, sua prima nasceu saudável e linda, com uma boquinha chocolate em forma de coração, se tornou essa mulher maravilhosa que você conhece bem, mas parece que o tempo não passou. Eu nem sabia que ainda guardava tantos detalhes daquele dia em mim, ainda sinto vontade de vomitar, minhas mãos suam, a gente finge ter esquecido o passado, mas ele não nos esquece, minha filha, gruda fundo.

Descobri quem era o pai da sua prima só muitos anos depois, seu avô já morto, os ânimos já apaziguados. Por anos me questionei sobre quem era, pensei nos rapazes que a sua tia namorou, nos dias em que a acobertei no horário da missa, mas não me vinha nenhuma resposta. Não facilitava o fato de eu não saber o que era necessário para engravidar, qualquer aperto de mão podia ser responsável por um filho na barriga, que medo que eu tinha. Seu pai me deu o primeiro beijo e eu achei que estava grávida, instantaneamente, cheguei em casa chorando muito, "Carla, me ajuda, acho que eu estou grávida também", sua tia tentando me acalmar, "Como você acha que engravidou, Cristina?" "Ele me beijou, beijou, sim, e agora que os lábios dele tocaram os meus? Ele abriu a boca e a língua dele entrou na minha boca, meu Deus, eu não quero me casar!" Sua tia gargalhava, chorava de rir, e eu chorava de chorar, porque já imaginava mais um bebê chorando e minha mãe sem ninguém para indenizá-la pelo desgosto que eu causei. "Não é assim que se engravida, sua tonta, pode beijar à vontade." Mas nada me convencia, eu podia sentir as células se multiplicando dentro de mim, certeza de que meu corpo estava preparando um rim naquele momento.

Sua tia me contando como se faz um filho, descrevendo tantas funções que eu desconhecia para a boca e para a língua. Eu fiquei enojada e vomitei. Ela parou de gargalhar e disse que tinha pena de mim. Eu nunca gostei de muitos toques, minha filha, não conseguia imaginar como tudo aquilo que ela me dizia podia ser bom, imaginei que não faria nada daquilo, nunca. Sua tia era uma perdida e eu era uma boa menina, alguém com a cabeça no lugar. Casei virgem, como manda o figurino, seu pai nunca havia tocado em mim de forma imprópria, e mesmo após o casamento tínhamos regras, muitas. Deus nos via e eu não podia envergonhá-lo. Agora veja, minha filha, será que Deus não tem mais nada pra fazer além de vigiar onde estão as nossas línguas e bocas? Tanta gente morrendo de fome, guerras que se arrastam por eras, o câncer precisando de uma cura... Se eu aprendi a elencar prioridades, imagino que o Todo-Poderoso também o faça.

Meus pais quase não se tocavam. Nunca os vi trocando um beijo ou um carinho, tenho memória de abraços que ele dava e que ela não correspondia. Os braços rígidos estirados ao redor do corpo, um rosto incapaz de rir. Meu pai contava piadas diariamente, se irritava quando ela não ria, por vezes a segurava pelos braços com força, dizia que iria ensiná-la a ser feliz. Nunca deu certo, ela não aprendeu. Também não sei se aprendi, a gargalhada soa estranha em minha boca, os músculos não se acostumaram a ela, se enrijeceram, coitados. A sisudez foi a maior herança que recebi da minha mãe, ela e o silêncio, companheiros inseparáveis dos casamentos longevos que acompanhei ao longo da vida. Sua avó sorriu quando você nasceu, te embalava nos braços e os olhos descongelavam. Você era uma neta sem *mas*, sem vírgulas, não te faltava um pai, você foi concebida dentro de um matrimônio, você era inteira. Mas enquanto ela sorria, cobrava de mim a sua roupa lavada com sabão de coco e álcool, passada em temperatura alta o suficiente para matar os germes que atentariam contra a sua vida, mas não tão alta a ponto de danificar o delicado tecido dos bordados desconfortáveis com os quais ela te presenteou. Meu sorriso sendo substituído por dentes travados, não podíamos ser felizes juntas, era necessário respeitar a ordem natural das coisas.

Sua prima nasceu poucos meses depois da sua tia terminar o colégio. Meu pai disse que ela havia adiantado as coisas, não entraria para a universidade, teria de trabalhar para sustentar a criança sem pai. Deu a ela uma vaga na marmoraria da família, sua tia venderia pedras para construir a própria vida, estava decidido. Hoje ela administra tudo, é uma mulher de negócios bem-sucedida. No entanto, não se iluda, a vida que ela queria era outra, mas há que lapidar a brutalidade que a existência impõe, então ela aceitou resignada o próprio destino. Mudou-se para uma casa no bairro vizinho pouco antes do parto, os aluguéis e móveis seriam descontados do salário. Meu pai comunicou a sentença uma semana após a descoberta da gravidez, sentado em seu trono, a sala em silêncio. Ouvíamos cada decisão com medo da seguinte, seguramos as lágrimas para que o nosso choro não o fizesse mudar de ideia. Assim que encerrou a fala, pegou a maleta preta de couro e saiu para o escritório. Quando finalmente escutamos o barulho do carro se afastar, nos permitimos sair do transe. Abracei a sua tia aos prantos, o destino dela estava traçado e as nossas conversas no meu quarto não existiriam mais, eu não estava preparada para tanta mudança. "Fala, Carla, quem é o pai dessa criança, não é possível que casar seja pior que trabalhar com o nosso pai." "Está tudo bem", ela dizia, "está tudo bem", repetia para mim e para ela mesma. Sua avó interrompeu o nosso choro, "Chega de drama, podia ser pior, seu pai podia ter te expulsado de casa com uma mão na frente, outra atrás. Você vai trabalhar numa sala chique em vez de limpar privadas, que seria o justo".

Todas as manhãs sua tia entrava em casa com a sua prima nos braços, entregava para a minha mãe e ia aprender os usos do carrara, ônix, travertino. Passava o dia respondendo qual pedra ficava melhor na bancada da cozinha, qual não manchava se derramassem vinho, qual combinava melhor com um sofá de veludo bege. Pegava a menina antes do meu pai chegar em casa, ele não queria escutar choro de criança. Voltava para o canto dela até que o novo dia começasse. Eu achei que ela não aguentaria aquilo por muito tempo, que logo abriria a boca e diria a quem podíamos cobrar a paternidade, quem deveria sustentar aquela criança e que, com um anel no dedo, recuperaria algum respeito dos nossos pais. Mais de dez anos depois, o padre infartou após a missa, sentiu uma dor inexplicável e caiu no chão, chegou na emergência já sem vida. Sua tia soube pela fofoca da vizinha, saiu da loja aos prantos, eu, em casa, estudando para a prova de direito processual penal, ela invadiu a sala: "O pai da Adriana morreu."

Fazia anos que eu não perguntava quem era o pai da sua prima, a curiosidade amornou, cansei de tentar encontrar semelhanças em todos que conhecia. "Quem morreu, Carla? Fala direito", eu repetia, aturdida. "O padre, Cristina, o pai dela era o padre, ele ia largar a batina, a gente ia se entender. Eu não acredito..." O padre era a pessoa menos provável. Mas a sua prima tinha mesmo os olhos dele, a boca de coração, o jeito de sorrir, estava em nossa cara, como a gente não tinha percebido? Você já reparou como os segredos mais bem guardados parecem irritantemente óbvios quando descobertos? De repente um fato novo nos faz olhar para trás, reparar em detalhes que outrora passaram desapercebidos e "bum", tudo muda, a história já não é a mesma, o passado se transformou.

Carla pôs um vestido branco, foi ao velório meio viúva, meio noiva, mas nem uma nem outra por inteiro. Eu, com uma pena dela me rasgando a garganta. Adriana, inocente na escola, sem se despedir do pai que ela sequer conheceu. Sua tia queria acarinhar a pele chocolate do padre, dizer que o amou como a mais ninguém, mas cuidou da reputação dele em morte como fez em vida. Guardou o segredo ainda alguns anos, contou para a sua prima só após muita insistência, falando dele como quem fala de um anjo. Ele permitiu que uma menina de dezessete anos assumisse sozinha uma criança, minha filha, abraçou a batina enquanto a empurrava do penhasco, não me faça dizer que tipo de anjo eu acho que ele era. Que Deus o tenha em um bom lugar!

Já briguei muito com a sua tia por causa dessa história, não aceito tudo que ela suportou para protegê-lo, mas ela insiste que não foi somente por ele, mas pela sua prima. Porque não suportaria que ela fosse apontada na escola como a filha do padre e da safada, a culpada por tirar um homem tão santo do caminho do bem. Pelos meus cálculos, ele tinha trinta e cinco anos quando começaram a se envolver, mais que o dobro da idade dela, quem seduziu quem, minha filha?, me diga.

Hoje a sua prima completou trinta e cinco anos, comemoramos a vida e as suas surpresas. Sua tia orgulhosa de ter conseguido chegar até aqui, eu impressionada com a força que ela tem, mas um tanto indignada, afinal, a vida não deveria exigir tanta força de algumas de nós. Senti vontade de te contar essa história em detalhes, de chamar a Adriana e a sua tia para nos sentarmos juntas e falarmos do que sempre evitamos. Mas, como eu disse, o silêncio foi herança bem recebida, não sei como rompê-lo. Escrevo aqui e sigo calada, assim talvez tenha encontrado o equilíbrio das coisas.

Quinta-feira, 10 de setembro de 2009.

Seu pai voltou no dia 10 de setembro de 2002. Sete anos hoje, minha filha. Nunca esqueci a data da partida, tampouco do retorno. Tenho vontade de confeitar um bolo e colocar no meio da sala, pôr velinhas e deixar claro que não esqueci, que não perdoei, que nada que ele faça vai diminuir a dor que causou a mim e a você. Quero gritar bem alto, "Sete anos que você se deu o direito de voltar, sete anos que apertou novamente o play e seguiu como se as nossas vidas tivessem apenas pausado à sua espera. Sete anos que reaprendeu o caminho de casa e dos restaurantes que frequentamos, e da padaria, e do mercado, e da farmácia".

Eu não sabia que ele ainda tinha a chave de casa, havia algum tempo não pensava em como estava, se tomava a losartana nos horários certos, se estava vivo ou morto, vivendo no bairro vizinho ou em Joanesburgo. Eu já não gravitava em torno dele, que conquista, minha filha! Aquela terça-feira não me sai da memória, a campainha tocando e, em seguida, a porta se abrindo, a calça jeans, a camisa social azul-clara, quem toca a campainha se tem a chave? Ele queria fingir normalidade, mas se perdeu nesse detalhe, minha filha, já não era morador, era visita, não cabia em nossa casa e sabia disso. Você também pensa naquele dia, Izabel? Fala sobre ele com suas amigas? Com a sua psicóloga? Ou eu sou a única que eternizou cada detalhe?

A imprevisibilidade da vida oscila entre o angustiante e o excitante. Hoje, em algum lugar do mundo, um casal que espera há anos na lista de adoção vai receber a ligação da Vara da Infância, vai descobrir que seu filho chegou, vai chorar de emoção e correr para comprar as roupas e se preparar para a maior mudança da vida, mas eles ainda não sabem disso, então comem pão e bebem café como se fosse um dia qualquer. Ao mesmo tempo que, também hoje, uma mulher qualquer vai beijar a mãe e sair para trabalhar, vai cair na calçada, bater a cabeça e morrer. Elas terão se despedido, como fazem todos os dias, sem qualquer cumprimento especial, sem se demorar um segundo a mais no colo uma da outra, talvez sem um abraço, só um aceno de longe, "Até mais tarde, mãe", "Até mais tarde, filha". A gente precisa esquecer que os nossos planos são um conto de fadas com ar de seriedade, uma ilusão cheia de falhas e desacertos, que as nossas certezas são frágeis como uma bolha de sabão, porque ter consciência disso todo o tempo nos enlouqueceria. Acreditar que conhecemos o futuro nos faz viver melhor o presente.

Naquela terça-feira eu acordei com o meu dia planejado, como fazia sempre. Levantei da cama e fui direto para o banho, o conjunto de risca de giz que separei no dia anterior apoiado na cadeira, o *scarpin* preto alinhado logo abaixo. Não havia nenhuma reunião importante marcada, nenhuma audiência especial, seria um dia como qualquer outro. Saí do meu quarto olhando o relógio, precisava te acordar, você teria um simulado na escola e não podia perder o horário. Escrevo "meu quarto" e penso no tempo que levei até parar de falar "nosso quarto", até entender que ele era meu e de mais ninguém. Como eu imaginaria que o "nosso" voltaria naquele começo de noite, que as minhas roupas se apertariam em apenas um lado do armário, que meus cremes e perfumes voltariam a ocupar apenas uma parte da pia, que as minhas bolsas compartilhariam novamente o cabideiro com os jalecos?

Você acordou reclamando de sono, estudou até tarde, que orgulho me dava! Vestiu o uniforme enquanto eu preparava o café da manhã, beliscou o pão, bebericou meia xícara de café, "Bora, mãe, não posso atrasar, bora!". Saímos de casa, te deixei na escola e fui para o escritório, passei o dia escutando os problemas dos clientes. Lembro que atendi dona Sônia, queria saber do inventário do companheiro, nunca trabalhou, ele não deixava, morreu e ela descobriu que tinha outra família, a casa no nome do irmão, o carro no nome da mãe, um absurdo sem tamanho, ela chorava desesperadamente, passou quase toda a manhã na minha sala. Quando saiu, eu estava exausta, uma dó daquela senhorinha. Tenho quase certeza que nesse momento meu telefone tocou, era o professor de teatro, queria me ver, "Vamos jantar hoje?". A voz entrava pelo ouvido, se espalhava pelo meu corpo, cada pedaço meu respondia, chegava aos pés contraindo os meus dedos, nem na adolescência me senti assim. Eu o veria à noite, e a espera fez o pesar pela dona Sônia sair à francesa, já não cabia mais nada em mim.

O dia se arrastou entre reuniões e ligações, eu cheguei em casa, tomei banho, espalhei hidratante de baunilha pelo corpo e escolhi uma lingerie de renda branca. Eu amava o contraste com a minha pele escura, pus um vestido longo de algodão cru, uma sandália baixa, ele despertava em mim uma leveza que eu não conhecia, eu nem me sabia leve assim. Passei perfume, você na sala vendo TV, "Abaixa a TV, Maria Izabel, não é possível que você precise colocar esse treco em uma altura dessas. Vai me enlouquecer, menina", eu falava enquanto colocava os brincos, e a campainha tocou. Andei pelo corredor reclamando porque você não foi abrir e, de repente, escutei a chave girando e não deu tempo de pensar se era um assaltante ou um assassino, a porta se abriu e seu pai estava lá. Ainda não consigo aceitar que ele estava lá.

A sua tia me diz que preciso decidir se perdoo ou não, que preciso conviver com ele em paz ou mandá-lo para o inferno, como se essa fosse uma decisão só racional, só minha. Mas não é. Eu queria esquecer, por você eu queria aceitar e fingir que nada aconteceu, mas meus ombros se enrijeceram, não aceitaram o meu comando, o corpo tem as suas vontades.

Ele entrou em casa, a porta se fechou, olhou para você e para mim, esperou a nossa reação, simulou alguma segurança, mas sei que titubeava. O sangue se acumulou no meu ventre, as mãos frias e suarentas queriam jogar nele a velha agenda da mesa de telefone, os porta-retratos da estante, o controle da TV, os meus sapatos. O que estivesse ao alcance voaria nele. Eu queria estapeá-lo, "desgraçado, desgraçado!", eu berrava por dentro, mas só por dentro, meus braços e pernas e cabeça e pescoço permaneciam imóveis, petrificados, o único movimento acontecendo era do meu estômago se revirando. Você saiu correndo do sofá, levantou em um único pulo: "Pai? Pai?! Pai, você voltou, meu Deus, mãe, o papai está aqui!"

A sua reação era tudo que ele precisava, desabou a chorar como se alguém o tivesse forçado a fugir. Se comportou como um recém-liberto do cativeiro. "Minha filha, minha filhinha, que saudades que o pai estava de você." Ele te abraçava, tomava seu rosto nas mãos largas e beijava seus olhos e bochechas e testa. Dentro de mim, eu gritava "Larga ela, larga, você não tem o direito de beijá-la ou de tocá-la ou de sequer olhar pra ela, você não estava aqui quando ela pegou estreptococo na garganta, delirou de febre e dormiu na emergência segurando a minha mão. Você não estava aqui quando o sobrinho da vizinha partiu o coração dela e eu a consolei durante todo o final de semana. Você não estava aqui pra dizer que ela não podia pegar um cachorro; você não ouviu os gritos quando o maldito moleque contou que não havia missão humanitária nenhuma, desgraçado!".

Ele largou você e se aproximou de mim, segurou as minhas mãos gélidas, "Me perdoa, meu amor, me perdoa", ficou de joelhos, fazendo uma cena para você, os joelhos no chão não eram para mim, Maria Izabel, não se engane, era apenas uma forma de angariar o seu apoio, uma atitude política planejada, qualquer fala minha que não fosse um "Sim" soaria como desalmada e sem coração. Você não parava de chorar, dizia que era o dia mais feliz da sua vida. Eu dei meia-volta, me tranquei no quarto, o ar me sufocava, fazia pressão em minhas narinas, machucava os meus pulmões, não sei o que doía mais, o retorno dele ou a sua aceitação.

Eu sei, minha filha, ele é o seu pai, você sentia falta dele e o queria por perto, eu sei disso, mas não aceito, entende? Não aceito. Ele te abandonou, não tem outro nome pra isso. Nos deixou sozinhas, não se importou se você estava bem, se estava comendo brócolis o suficiente, se estava bebendo água e fazendo xixi. Em quase dois anos ele ligou pra pizzaria, pra farmácia, pro encanador e não ligou pra você. Não há inocência nas escolhas que ele fez, como você não viu aquilo? Onde estava a sua raiva, o seu furor, a sua indignação? Um abraço, Maria Izabel? E os gritos que escutei, e os dedos que você me apontou, onde eles foram parar?

Me joguei na cama, abismada, meus olhos queriam chorar, mas não encontravam as lágrimas, a imprevisibilidade da vida me fazendo tremer, nada mais fazia sentido, nem o vestido, nem a lingerie, nem a espera de todo o dia, nem a chegada inesperada do seu pai, eu urrava por dentro, tudo por dentro.

Seu pai bateu na porta, "Posso entrar?", ele me perguntou. "Você não me perguntou antes de sair, perguntou?", respondi secamente. "Calma, Cristina, vamos conversar, eu sei que errei, mas estou aqui pra gente conversar e se entender." "Quem disse que quero me entender com você?", eu só conseguia fazer perguntas retóricas, não queria ouvir justificativas, não queria ver lágrimas, queria apenas que aquela noite interminável não tivesse começado como começou. Ele parou de fazer perguntas, mudou de estratégia, passou a falar sem parar. Despejou sobre mim dúzias de palavras vazias, "Eu estava mal, Cristina, levantava da cama sem ter um propósito, a gente quase não conversava, eu não suportava mais o hospital. Infeliz daquele jeito eu seria um péssimo pai, nossa filha merecia um pai melhor, você merecia um marido melhor, saí de casa pra te deixar livre, pra você encontrar uma companhia mais feliz". Ele falava e o cinismo me irritava, ele queria pintar um abandono com cores de benevolência, transformar o egoísmo em altruísmo. Eu merecia uma desculpa bem pensada, minha filha!

"Não finja que estava pensando em nós!" Eu gritei alto, tão alto que você ouviu da sala. "Mãe, não briga com ele, mãe, perdoa, a nossa família está unida de novo, mãe, por favor." Seu pai te abraçando, "Calma, filha, sua mãe tem os motivos dela". Eu não pedi que ele me defendesse, aquela falsa defesa, lobo em pele de cordeiro, e você acreditando, caindo como um patinho, que boba você consegue ser.

Seu pai não é uma pessoa ruim, eu sei disso, mas pessoas boas têm atitudes ruins. No direito há uma teoria antiga, o fruto da árvore envenenada, eu sei que você não gosta que faça analogias jurídicas, acha todas elas chatas e tediosas, mas veja, essa é a melhor forma de explicar. Se em um processo uma prova foi conseguida de maneira ilícita, tudo que decorrer dela será ilícito também, os frutos de uma árvore envenenada não são saudáveis, e imagino que nisso você há de concordar. Pois então, seu pai nos abandonou, fugiu por puro egoísmo, entrou em uma crise existencial absurda e nos deixou, o que vier depois disso está contaminado, com doses homeopáticas de cianureto, mesmo que ele não queira, mesmo que não tenha a intenção. É o que é.

Quando vi seu pai te consolando tive uma vertigem, como as coisas podem mudar tanto, tão rapidamente? "Sai daqui, Maria Izabel, fora do quarto, agora, AGORA!" Gritei com você, te expulsei do quarto, me senti traída, doeria menos encontrar seu pai na cama com outra. Você saiu batendo a porta, não antes de dizer que me odiava. Fui eu quem fiquei, eu gritei, mas lógico que foi por dentro. "Não precisa ficar assim", seu pai me disse, e a barragem se rompeu, meu choro derrubando a minha frieza, tudo que eu construí nos dois anos anteriores sendo levado pela enxurrada.

"Como você pôde fazer isso com a gente? Como pôde? Eu fiquei desesperada, eu não sabia o que fazer nem o que dizer para a sua filha, nunca senti tanto medo na vida, vinte e cinco anos juntos, vinte e cinco, eu merecia mais, merecia uma explicação, se você queria se divorciar, me falasse, mas sumir, ir embora, como você fez isso, como?" Os soluços pulavam da minha boca junto às palavras, ele tentava encostar em mim, "Não me toca, não me toca", eu queria demonstrar absoluta indiferença à presença dele. Mas meu corpo é desobediente, não entende a importância de um jogo bem jogado, vira a mesa inesperadamente e joga todas as cartas para o ar.

Seu pai começou a se explicar, "Eu queria controlar meu querer, queria desejar continuar aqui, mas as coisas mudaram, Cristina, mudaram muito, e eu já não sabia quem eu era", ele repetia e minha raiva aumentava, minha mágoa subindo à garganta. Ele não se preocupou em me ouvir, em entender o que aconteceu, como nos sentimos, não quis perceber a repercussão das próprias atitudes, eu tentava falar e ele me interrompia com justificativas desordenadas, dando respostas para perguntas que não fiz. Dois anos longe, minha filha, e a vontade de se defender era maior que a preocupação conosco, saiu e voltou o mesmo, para mim era óbvio. Enquanto ele falava, eu escutei o seu choro na porta e lembrei de você jogada na cama quando descobriu que foi abandonada, o seu choro inconsolável, e imaginei que fazer o seu choro parar só dependia de mim. Voltei aos meus oito anos, minha mãe chorando na cama dela, a boca recém-machucada por um tapa, "Mãe, por que a gente não vai embora?". Ela me olhando irritada, "Não fala besteira, menina, família é o nosso maior tesouro nessa vida, é a base de tudo".

Me equilibrei numa base bamba por toda a vida, não seria uma novidade, no final das contas. "Durma no quarto de hóspedes", eu disse, sem olhar para o seu pai. Ele saiu para pegar as malas no carro, você me abraçou apertado, "Obrigada, mãe, obrigada, eu te amo, obrigada". O amor e o ódio são amigos íntimos, companheiros inseparáveis, você não me deixou esquecer. Tirei os brincos, pendurei o vestido no armário, joguei a lingerie no lixo, vesti o pijama azul-marinho e, trancada no banheiro, clandestina em minha própria vida, deixei uma mensagem gravada na secretária eletrônica do professor de teatro. "Meu marido voltou. Não sei explicar o que houve. Não vou te ver hoje. Não sei se nos veremos novamente. Sinto muito."

Deitei na cama aturdida. Você e seu pai gargalhavam na sala. Eu senti muito. A noite toda.

Domingo, 13 de junho de 2010.

Seu pai me deu um presente de Dia dos Namorados. Um Dolce&Gabbana novo, me disse que notou que o meu perfume estava acabando e sabia o quanto gostava dele. Perguntou se eu lembrava da viagem que fizemos para a Itália, da primeira vez que sentimos o aroma juntos, ele me disse que aquele cheiro parecia com a minha personalidade, doce e marcante. Falou da nossa visita a Verona, você correndo de trancinhas pelas ruas de pedra, os dias bonitos que vivemos por lá. Rimos ao lembrar que quase te perdemos no aeroporto, na conexão que fizemos em Portugal; ele achava que você estava comigo, eu acreditando que você estava com ele, nenhum de nós cuidando de você por trinta segundos, tempo suficiente para você entrar sozinha no banheiro e nos deixar desesperados. Eu chorando, "Cadê a minha menina, cadê?", você saiu do banheiro ajeitando o vestido, uma tranquilidade ímpar, "Mãe, tá chorando por quê?".

Tive vontade de te dar um tapa, como podia me fazer passar um susto daquele? Eu só conseguia imaginar que alguém te sequestrou, te venderiam por aí, uma menina tão linda num país estrangeiro, que desespero! Seu pai me dizendo que eu estava preocupada à toa, que você logo apareceria, você apareceu e, apesar do desejo de te estapear, eu te abracei. Agora, anos depois, relembramos dessa história gargalhando, achando graça da sua desenvoltura. Pegamos as fotos, cada uma com seu enredo, versões nossas que já não vemos faz bastante tempo. Naquela viagem seu pai sentiu falta do travesseiro dele, em nenhum hotel o travesseiro era bom o suficiente, mole demais ou firme demais, depois de quase uma semana de viagem acordou com um pouco de torcicolo, precisávamos resolver o problema. Saímos em busca de um travesseiro que se parecesse com o que tínhamos em casa, entramos em lojas e mais lojas e não encontrávamos nada razoavelmente bom. Você começou a reclamar de fome, era muito pequena, precisava de uma pausa, o pescoço dele doendo cada vez mais. Ele voltou para o hotel, eu fui contigo ao mercado; como por milagre, vi de longe um travesseiro adequado, toquei, tinha certeza de que era bom, compramos, caminhei pelas ruas de Roma te segurando com uma das mãos e carregando uma sacola enorme na outra.

Me pergunto se um dia vou conhecer alguém tão bem como conheço seu pai, ao mesmo tempo em que me pergunto como posso desconhecê-lo tanto. Foram muitas noites juntos para que eu soubesse a densidade ideal do travesseiro, a textura da roupa de cama, a frequência da lavagem dos óculos. Seu pai gosta do feijão ao lado do arroz, nem em cima, nem embaixo. Ama bolo solado e, por diversas vezes, eu tentei estragar o bolo de propósito. Ele perdeu o pai aos dezenove anos, até hoje os olhos enchem de água quando fala do orgulho que certamente o pai sentiria de vê-lo se formando em medicina. Sempre que sente o cheiro de angu, conta que o da avó era incomparável, o ponto que deixava o alho frito fazia toda diferença no resultado. Quando diz isso faz um gemido engraçado, "Hummm", como se fosse um menino. Gosta de dormir do lado esquerdo da cama e, mesmo que esteja um calor insuportável, sempre se deita com meias de algodão. Ele jura que não é supersticioso, mas não passa por baixo de escadas e o pé que toca o chão ao acordar é sempre o direito. Pelo de gato provoca crises de espirro que só amenizam se ficar longe do bicho e depois fizer uma boa lavagem de todo o rosto, não apenas do nariz. Ele sente dor de cabeça quando está com muito sono e, por isso, na época da faculdade, tínhamos um estoque de analgésicos em casa. Guardo o hábito de ter um paracetamol na bolsa até hoje. Conseguiria descrever tantos e tantos hábitos, costumes e histórias dele que mal caberiam aqui. Seria isso a intimidade, minha filha? É isso que significa conhecer alguém?

Tenho a impressão de que, se participássemos de um daqueles programas de televisão em que um fala do outro, eu responderia tudo com maestria, mas ele se atrapalharia nas escolhas, confundiria datas, gostos, preferências, não porque não se interessasse por mim, mas porque cuidar não está na sua lista de prioridades. Aprendi a amar seu pai ainda tão jovem, a ver nele o meu norte, decorar cada um dos seus gostos e preferências fazia parte da minha função. Nós nunca fizemos um acordo de que as coisas entre nós funcionariam assim, ele nunca pediu atenção ao colarinho da camisa impecavelmente branco, eu nunca decidi conscientemente que os manteria alvos, nossos papéis estavam dados e nos encaixamos neles sem muitos questionamentos. Com o tempo, o amor já não estava em questão, não importava tanto, valia mais o costume, a rotina, a previsibilidade reconfortante de sabermos o que esperar um do outro. A vida é cheia de incertezas, minha filha, seu pai era uma das poucas certezas que eu tinha, até com os defeitos eu estava acostumada, me habituei a reclamar das mesmas coisas, os resmungos também já faziam parte de mim.

Não que eu não enxergasse os problemas da nossa relação, mas quem não os tem? Eu conhecia a índole do seu pai: um homem bom, que devolve o troco quando vem errado, que não tem coragem de matar uma barata. O que mais eu poderia querer? Os anos passam e a gente aprende a adequar o nosso querer ao possível, a espremer os sonhos nas formas da realidade, a vida é o que é e acabou, de nada adianta chorar.

Quando conheci o professor de teatro me surpreendi, eu nunca tinha me relacionado assim, não conhecia aquela versão de mim que emergia quando estávamos juntos. A gargalhada dele tirava a minha pra dançar, de repente as minhas falas eram mais interessantes e engraçadas, as minhas opiniões, mais inteligentes. Seu pai conheceu a menina de quinze anos, me aprisionou nela sem perceber, guardou os gostos dela como se fossem eternos, não me viu mudar. Eu já não gosto de queijo com goiabada como gostava antigamente, mas por anos ele os trazia de Minas, com o sorriso no rosto. Eu agradecia e comia, mesmo não sentindo o mesmo sabor de quando tínhamos dezesseis anos e ele os trouxe pela primeira vez. Os gestos que me encantaram no começo da nossa relação foram repetidos e lavados e reusados tantas vezes que perderam o brilho, a elasticidade, ficaram frouxos, deixaram de nos abraçar e nem vimos quando aconteceu. Com o professor os meus gostos estavam mais atualizados, condizentes com as descobertas da mulher que carrega a marca da cesariana e as rugas nos cantos dos olhos.

É quase injusto comparar as duas relações, sei disso, mas foram as únicas que tive, elas andam lado a lado na minha memória, disputam minhas lembranças, coloco na balança todo o tempo. Quantos gramas de cada são necessários para eu sentir minhas pernas tremerem? Preciso de quantos quilos de cada para perder o sono? E quando perco, isso é bom ou ruim? Eu não conheci a mãe do professor, mal gravei o nome, não me preocupei com a pressão dela durante a preparação da ceia de Natal, era fácil esquecer que ela existia. A data do aniversário da irmã dele nunca foi citada, se foi, não tomei pra mim a responsabilidade de decorá-la ou relembrá-la no ano seguinte. Nossos encontros quase furtivos me retiravam a obrigação de aparentar o que quer que fosse, eu nem sabia existir assim.

E apesar de ter presenciado pouco da história dele, de só ouvir a versão que me contava, os suspiros me mostravam o que ele gostava, a pele arrepiada direcionava meus toques, a mão dele ensinou o que a minha precisava aprender. Para ele ofertei uma nudez que seu pai nunca conheceu. Não sei o que mudaria se a vida não tivesse interrompido o nosso encontro. Se o nosso caminho seguisse junto e as peças saíssem de cartaz, e o dinheiro ficasse escasso, e os meus rins se enchessem de pedras, como seria se eu precisasse das mãos dele segurando as minhas? Não sei quanto da nossa nudez foi alucinada, desconectada da realidade, de quem seríamos quando a vida fizesse tudo doer. Começo de relacionamento é sempre delicioso, escolhemos a nossa melhor roupa, vestimos o melhor sorriso, tudo parece certo e interessante. É com o tempo que a tranquilidade do outro irrita, que o silêncio antes confortante passa a ser sufocante. A gente descobre que o outro é só mais um humano problemático como nós; a gente quer a alucinação de volta, mas ela se recusa a retornar.

Quando completei dezenove anos o seu pai organizou uma festa surpresa para mim. Ligou para os meus amigos, comprou enfeites, sua avó e sua tia fizeram o jantar, um bolo, brigadeiros e cajuzinhos. Saí de casa muito cedo, a mãe dele me pediu companhia para ir ao médico, ficamos juntas o resto do dia; quando entramos em casa e eu liguei a luz, todos gritaram: "Parabéns!" Eu me emocionei, agarrei seu pai com força, que gesto bonito!

Alguns anos depois, ele repetiu o gesto, organizou uma festa surpresa para mim, não sei se você se lembra. Mas o efeito foi desastroso, já não éramos mais os mesmos, nosso encontro amargava meu paladar e não havia brigadeiro no mundo capaz de adoçá-lo.

Seu pai trabalhava em três hospitais diferentes, quase não ficava em casa, não sabia o que tínhamos ou não na geladeira, eu já havia me tornado uma máquina de resolver problemas, a organizadora da rotina de vocês. Quando abri a porta e vi a casa cheia, não consegui pensar nas gargalhadas que podia dar, nas histórias que podia contar, na celebração da vida, nada disso importava. Só pensei que não poderia retirar o sutiã, que ele continuaria apertando os meus peitos por mais algumas horas, o sapato continuaria nos meus pés e o pijama fora do meu corpo. Olhei para a mesa cheia e imaginei o quanto de comida sobraria, o tanto de louça que ficaria na pia e na ligação que provavelmente eu teria fazer para a lavanderia buscar o tapete da sala no dia seguinte. As crianças corriam pela casa, você, as filhas e os filhos dos nossos amigos, e todo aquele barulho me irritava, eu mal tinha energia para lidar com você, Maria Izabel. E quando te vi, meu cansaço triplicou, você iria comer doces e mais doces, ficaria elétrica e eu demoraria horas para te fazer dormir, e ainda mais tempo para te fazer acordar no dia seguinte. Você estaria lenta e desanimada e reclamaria para colocar o uniforme, para tomar o café da manhã, se atrasaria para a escola, e eu, para o trabalho.

A minha vontade foi fechar a porta, dar meia-volta, dormir em um hotel. A mão na maçaneta, os pensamentos acelerados, pus um sorriso no rosto e o mantive lá por toda a noite. Quando todos foram embora, seu pai me perguntou o que estava acontecendo, se eu não estava feliz, me disse que era impossível me agradar. Ele achou que receberia o abraço da menina de dezenove anos, o agradecimento animado, o encantamento, mas a vida era outra e eu não tinha essa alegria pra dar. Não escolhi pensar no quanto aquela festa pesaria na minha rotina, uma coisa puxou a outra e, de repente, eu estava calculando quanto de cansaço aquela surpresa me renderia. Ele reclamava do meu mau humor, frustrado com o meu desânimo, enquanto eu organizava a pia e gritava pra você finalmente acabar o banho e ir pra cama. Quando finalmente consegui colocar o pijama, ele já estava dormindo, passava da meia-noite e eu não conseguia desligar a mente, na correria esqueci de organizar seu lanche da escola e seu uniforme. Deitei pensando que teria de acordar mais cedo que o habitual no dia seguinte. Parabéns para mim.

No ano em que estive com o professor, ele me preparou um jantar no dia seguinte ao meu aniversário, te deixei com a sua tia e passamos a noite juntos. Éramos só nós dois, e eu não lavei a louça, as sobras não eram de minha responsabilidade, e o horário que você acordaria também não. O sutiã saiu do meu corpo no momento certo, do melhor jeito possível, e eu vesti o gozo mais de uma vez. Eu fui tão absurdamente feliz naquela noite, minha filha.

Já te contei que o maior medo das mulheres é o medo de serem ridículas, não é? Pois bem, na mesma pesquisa as mulheres assumiram que queriam rir mais. Rir das piadas bobas, achar graça em qualquer besteira, assim como os homens. E eu entendo esse desejo, Iza, entendo tanto, porque eu gosto de ser feliz, eu sei que não parece, mas eu gosto. Sim, eu quero gargalhar mais, sentir a lágrima escorrer de rir, mas os dentes travam sem que eu perceba, os músculos se contraem, e a minha vontade de ser feliz fica pequena diante do que precisa ser feito. E o que tem que ser feito tem que ser feito, entende?

Estou cansada de sentir raiva do seu pai. Tenho cinquenta anos, casei com ele aos vinte, estamos juntos desde os quinze. A maior parte da minha vida foi ao lado dele, construí minha adultez misturada às estruturas do nosso casamento, preciso reconstruir quem sou, percebi que a mágoa tem me preenchido e me mantido respirando, mas quero respirar ar puro! Me acostumei a culpar seu pai pelo que não fiz, a pôr na conta dele as viagens que não realizei, os filmes que não vi, os orgasmos que não gozei, as gargalhadas que não dei, mas eu quero mais, minha filha, eu quero mais. Não quero desistir de mim e o tempo está passando, logo mais eu faço cinquenta e um e cinquenta e cinco e sessenta e vou virar a sua avó. Eu não sei o que sonhei pra mim, mas não foi isso, não foi.

O que você sonha pra você, minha filha? Hoje te perguntei, mas você me disse que estava sem tempo de pensar nisso. Eu quis te dizer que o tempo é agora, mas não consegui, então resolvi escrever. O tempo é agora, Iza. Agora.

Quarta-feira, 16 de novembro de 2011.

Não te escrevo há mais de um ano. Talvez tenha sido o período em que mais precisei sentar com este caderno, falar e ser ouvida por ele. Mas é justamente quando mais precisamos que o tempo fica escasso, a alma pede a brisa, e o corpo, teimoso, fecha as janelas. A vida não nos dá espaço para vivenciarmos as nossas dores. Os problemas não param, eu queria uma fila para eles, algum tipo de ordem: crise existencial, espere, a sua senha é a cinco, o fim do casamento e a separação da filha estão na sua frente, aguarde, por favor.

Sua avó adoeceu. Eu preciso narrar a história, ao contar talvez eu entenda melhor o que aconteceu. Ou não. Talvez não entenda nada, há coisas que nunca serão entendidas, mas que precisam ser faladas mesmo assim. A minha mãe partiu há dois meses, sinto um misto de dor e alívio, de tristeza e culpa, será que alguém em algum momento sente uma coisa só? Vivo o luto da perda dela e da perda do que não fomos, das palavras não ditas, dos abraços que não nos demos, dos beijos que foram na mão no momento da bênção, mas que queria que fossem estalados nas bochechas ou na testa. A morte leva a pessoa e o que esperamos dela.

Eu sei que dizem que filhos amam mais as mães, que somos incomparáveis e idolatradas, mas isso só fica bonito na propaganda de TV. Na vida real as coisas acontecem de outro jeito, minha filha, e eu sempre amei mais o seu avô. Parece absurdo de falar, mas me entenda, uma criança gosta de sorrisos, de música, de alegria. Sua avó era o oposto da felicidade, carregava consigo uma nuvem densa e escura, derramava em nós a sua tempestade nos momentos mais imprevisíveis, estava sempre a ponto de explodir. Puxava as nossas orelhas, distribuía tapas na boca, chineladas nos braços, pernas e onde mais o chinelo alcançasse. Seu avô nunca nos bateu, pelo contrário, tomava a frente se ela tivesse algum rompante. Perto dele, ela logo aprendeu a se controlar, mas bastava que saísse para que a raiva represada fosse despejada sobre nós, e não podíamos chorar, o choro a irritava ainda mais, doava mais força aos seus braços. Nos custava menos engolir as lágrimas.

Hoje olho para trás e vejo que ela tinha razão em seu mau humor. Os tapas que ele não nos dava era ela quem levava. Meu pai sacudia seus braços com força, gritava alto, mas ele não fazia isso na nossa frente, escutávamos só as justificativas. E eu acreditava nos motivos dele, ele era um bom pai, se ela fosse uma boa esposa teria um bom marido também, eu tinha certeza. Estou falando da minha visão de criança, Maria Izabel, não me julgue, eu precisava acreditar em alguém e era mais fácil confiar no sorriso dele.

Minha mãe sabia cuidar como ninguém, não nos faltavam lençóis limpos, cama aconchegante e comida boa e fresca, mas ela não era boa em amar, era pedir demais, e eu aprendi cedo a não solicitar o que não podem me dar. Quando era pequena fomos para a fazenda, subi na árvore para pegar goiabas, pisei em um galho fraco e caí no chão cheia de dor. Ela veio correndo, tocou o meu corpo em silêncio, quando não viu sangue ou ossos quebrados, me fez levantar, não criou filha para ser fraca, "Para de chorar e levanta agora!". Ela achou que estava me amando, mas eu só recebia repulsa. Ela cuidaria dos meus ossos quebrados e das minhas feridas, mas eu não receberia nem um milímetro a mais de toque que o necessário para espalhar a pomada ou trocar o curativo. Cresci achando que não gostava de toques, minha filha, mas eu não conhecia nenhum que fosse gentil, então manter a distância se mostrava algo mais seguro.

Quando saímos de casa, cada uma a seu momento, percebemos que a minha mãe estava aliviada. Não acho que gostasse de cuidar de nós, se responsabilizar por tanta gente lhe roubava tempo e vitalidade, ela fazia questão de nos dizer isso. Por anos acreditei que ela não era uma pessoa boa, agora já não sei no que acredito, se na criança que foi obrigada a conviver com ela ou se na mulher que sente pena da vida dura de uma "conhecida". Você sabe que a sua avó não nos visitava com frequência, me ligava para ter relatórios da minha vida, e só; decidia os meus passos, e eu aprendi a obedecer. Quando o seu pai se foi, tive medo de decepcioná-la, ela sustentou um casamento mais difícil do que o meu, "Que decepção, uma filha tão fraca!". Ela apenas me mandou ocupar a mente e trabalhar, "Mente vazia, oficina do diabo, quem trabalha bastante não tem tempo de sofrer". Mas eu trabalhava e sofria. Uma coisa não impedia a outra.

Em agosto de 2009, ela teve o primeiro AVC e algo mudou profundamente nela após o episódio. Eu estava no escritório, meu telefone tocou, "Dona Cristina Batista?", "Sim, sou eu", "Falo da Sagrada Família, a Sra. Meire foi atendida em nossa emergência e necessita de acompanhante", a voz anasalada e apressada da atendente me passava informações imprecisas, comunicava a entrada da minha mãe na emergência como se me contasse que cortou os cabelos, uma naturalidade desconcertante. Sua avó caiu na padaria, aparentemente do nada, ninguém sabia o que estava acontecendo, os atendentes ligaram para o SAMU, que a levaram inconsciente. Foram dias no hospital, exames e mais exames, você sabe disso, acompanhou a equipe médica e conhece o coração dela melhor que eu.

A sua lista de orientações latejava em meus ouvidos, "Ela precisa caminhar, mãe, precisa de exercício físico e de uma alimentação mais equilibrada, vovó não pode tomar café da manhã com misto-quente na padaria". Quando eu finalmente tinha parado de me preocupar com o seu café da manhã, precisaria me preocupar com o de minha mãe. A preocupação não acaba, à medida que os nossos filhos crescem, os nossos pais envelhecem e há sempre alguém precisando da nossa atenção, das consultas médicas, das roupas limpas e de um banho bem tomado. Milagrosamente as sequelas não haviam sido graves, mas a mulher que saiu do hospital não era a mesma que entrou, você e seus amigos médicos me devolveram uma senhora frágil e covarde que em nada me lembrava a minha mãe.

A sua avó passou a me cobrar companhia, não queria decidir absolutamente nada da própria vida, precisava de mim para ir ao mercado, para agendar consultas médicas e acompanhá-la, me ligava a cada instante para falar que algum conhecido morreu, me narrava o noticiário, os assaltos e mortes e latrocínios e sequestros e misérias da humanidade, uma a uma, e eu, que já sou cheia de medos, fiquei soterrada. Eu não podia ver uma moto ou um vulto, já imaginava uma arma em minha cabeça, a ansiedade dela tomando todos os meus espaços, aqueles que conquistei a duras penas, como pode, minha filha?

Eu, que via sua avó uma vez ao mês, passei a encontrá-la duas, três vezes por semana, nos falávamos várias vezes ao dia, invertemos os papéis, agora eu era a mãe que precisava cuidar, manter, amar e cobrar, "Mãe, você comeu direito? Tomou o remédio? A fisioterapeuta já chegou em sua casa?" Mãe, mãe, mãe. A mulher que sempre gerenciou a casa com pulso firme, que nos manteve vivas já não queria tomar qualquer decisão sozinha, queria ser cuidada, queria não pensar, queria que finalmente chegasse a sua vez de só existir, e eu estranhei essa existência sem um fazer constante, essa presença demandante. Eu confesso, minha filha, queria a minha mãe de volta.

Estávamos sentadas no restaurante, lembro bem o momento, ela me pediu o cavalo, eu não entendi, "Que cavalo, mãe, do que você está falando?", ela repetia, "O cavalo, Cristina", "Mãe, não tem cavalo nenhum aqui, não tem graça!". Mas ela não brinca, desconfio que a sua avó nunca soube brincar, nem quando era criança. Ela apontava para os guardanapos, um fio de baba escorrendo pelo canto da boca, os olhos arregalados, a minha respiração acelerada, ela queria falar guardanapo, mas a palavra não saía, a boca escolhia outra, aleatoriamente, ela sentia medo, eu vi, o medo dos assaltos e dos latrocínios era o medo da morte, da imprevisibilidade da vida. O AVC a colocou cara a cara com a própria fragilidade, essa, da qual ela fugiu por toda a existência. Ela tentou correr e se agarrar em mim, mas o corpo a traiu, ela gritava cavalo e chorava e gritava cavalo. Liguei pra você, corremos para a emergência, vocês a examinaram e foram muitos e muitos exames e tentativas, a sua mão na minha, "Mãe, o quadro dela é irreversível".

Sua tia e eu conversando sobre o que fazer, decidindo se a sua avó moraria com ela, comigo ou se contrataríamos alguém para que cuidasse dela, mas nenhuma decisão parecia boa o suficiente, tirá-la de casa justo quando não havia marido e filho e barulho e obrigações parecia tão errado, mas mantê-la lá nos daria tanto trabalho e preocupação! Que tipo de filha deixa a mãe nas mãos de um estranho e segue a vida? Não parecia certo, mas nada parecia certo. Contratamos a moça que você indicou e também nos revezamos na casa dela, em pouco tempo a minha rotina já não era minha. Três vezes por semana eu passava o dia na casa dela, aos finais de semana sua tia e eu nos alternávamos em cuidar dela em nossas casas, como pais separados que compartilham a guarda do filho.

Aos poucos as pernas fortes precisaram de uma cadeira de rodas que lhes desse suporte e o banho precisava de companhia, eu passei a lavar o corpo flácido e enrugado, a levantar os seios caídos para garantir que não ficassem úmidos, secando as rugas com cuidado, passando pomada para assadura. A fala cada vez mais embolada dificultava o entendimento, oscilava entre confusão mental e lucidez incomunicável, parafusos, abelhas e carambolas surgiam na conversa de maneira indecifrável, a minha mãe desaparecendo dentro daquela estranha, eu gostando mais daquela estranha do que da mãe que tive por toda a vida.

Meu pai morreu em um acidente de carro, você era bem pequena, ele saiu da festa de aniversário de um amigo e não se sabe se foram as doses excessivas de uísque ou o sono. Ele sempre se orgulhou de ser um excelente motorista, ninguém dirigia como ele, afirmava batendo no peito. Mas o peito bateu no volante e o coração não deu conta, desistiu de manter todo o corpo funcionando e parou. Não sei que morte é pior, morrer assim, de repente, ou ir definhando aos poucos como minha mãe. Eu preferia que não acontecesse morte nenhuma, mas, à nossa revelia, a gente começa a morrer no dia em que nasce. É essa a única certeza que temos.

Um dia você me perguntou se eu amava a sua avó. Jogou a pergunta assim no meu colo, sem me dar um aviso-prévio de que ela viria, e eu disse "Claro, claro que amo", mas passei o resto do dia pensando no que é o amor, se existe um jeito único, se cuidar por si só é amar ou se precisamos de algo mais nesse caldo. Recebi da sua avó esse amor cuidado, a frieza do toque por obrigação, da convivência inevitável, a dor dela contaminando meu sorriso. Ela deu o que tinha pra dar e o que tinha pra dar era pouco; o que eu tive para retribuir foi esse amor cuidado ou cuidado sem amor, nunca saberei dizer. Era pouco também, eu sei, a escassez é a marca da nossa relação. Enquanto eu cuidava dela, tinha medo de que você me visse menos amável, que se espelhasse na Cristina-filha e esquecesse que a Cristina-mãe foi diferente da mãe que teve. Te dei mais do que ela me deu, por isso mereço mais também, minha filha, embora não haja cálculo matemático para as relações. A troca muitas vezes é desigual, olhe meu casamento, que belo exemplo!

Será que a minha mãe pensava no amor que não me deu, Maria Izabel? Será que em algum momento pensava na minha infância e nas vezes que me deu tapas porque eu estava chorando e sendo criança, ou no dia que ameaçou me fazer engolir o meu vômito se eu chorasse até vomitar? Eu lembro do gosto amargo chegando em minha garganta, os olhos dela arregalados para mim, tão assustadores quanto os do dia em que ela me pediu para passar o cavalo. Eu engolindo tudo de novo, porque engolir era mais fácil do que ter de comer aquilo novamente. Talvez ela precisasse acreditar que o que me deu era amor, ou talvez nem pensasse nisso, amor e desamor, conceitos abstratos demais para ela. A vida não precisa ser pensada, mas vivida, ela fazia o que tinha que fazer e isso deveria ser o suficiente.

Quando quem a gente ama morre, os defeitos ficam pequenos diante da saudade, do desejo de ter perto novamente, mesmo que perto fosse ruim. A gente até aguenta perder a pessoa, mas perder as nossas ideias sobre ela, não. E a ideia de mãe é bonita demais para se perder, Iza. Eu perdi a minha mãe, a única pessoa que ainda me fazia filha nesse mundo. Sem meu pai e ela aqui, eu já não sou filha de ninguém. Queria ela aqui para dizer que tenho mãe e tenho para onde ir, não estou só no mundo, tenho quem me cuida, mesmo que sem amor. Eu não pedia ajuda da sua avó, não chorava no colo dela, se chorasse não receberia afagos ou cuidado ou doçura ou apoio, mas sabia que ela estava lá, e isso já era o bastante. Pouco é melhor do que nada.

Dois dias antes de sua morte, nos abraçamos no banho, algo sutil, quase imperceptível, mas eu sabia que era um abraço, Iza, tenho certeza. Sentei sua avó na cadeira embaixo do chuveiro, lavei os cabelos, passei sabonete no corpo flácido, quase gelatinoso, a água do chuveiro levando a espuma, ela sorriu enquanto eu lhe protegia os ouvidos, como a um bebê. Espalhei alfazema no corpo úmido, como ela fazia quando éramos crianças, e passei a toalha com cuidado, a sensação de que a fina camada de pele que cobria os ossos pontudos poderia se rachar a qualquer momento. De repente senti os braços em volta do meu pescoço, era um abraço, aquele que nunca recebi, e baixinho ela falou "Margaridas" em meu ouvido. Eu quero acreditar que ela quis dizer que me amava, que na língua que agora era só dela "Margaridas" significava "Tenho orgulho de você, te amo, me perdoe, minha filha". Fiquei alguns segundos naquele laço até os braços caírem ao meu redor, ao me afastar percebi os olhos orvalhados, os meus e os dela, e eu quis dizer "Margaridas pra você também, mãe", mas tive medo de ser ridícula.

Quando o coração dela parou, estava com a cuidadora, sua tia e eu longe. Sinto tristeza de pensar que se despediu do mundo sem um rosto realmente conhecido por perto, sem ter mãos segurando as suas, sem alguém que lhe amasse do jeito torto que sabia amar. Se despediu da vida tão solitária quanto chegou e viveu, nunca conversamos sobre as partes da história dela que desconheço, pena que quando tivemos tempo não tivemos palavras. Margaridas.

Minha mãe tinha medo de dar trabalho, de depender dos outros, acabou a vida precisando que lhe limpassem a bunda. Vê-la se transformar em outra me deu medo e vontade de viver, a urgência pela mudança voltou com força. Tenho cinquenta e um anos e eu não sei como cheguei a eles. Não posso encarar a vida como se ela tivesse acabado, Iza, quero mais, quero muito. E quero querer, minha filha. Às vezes o querer é tudo que a gente tem.

Quarta-feira, 10 de julho de 2013.

Ontem conheci seu novo namorado, um rapaz gentil, alto, marrom-intenso como seu pai. Jantamos juntos, fiz a lasanha que você gosta, falamos sobre amenidades, você parecia feliz. Eu não sou boba, Maria Izabel, sei que está com ele há alguns meses, reconheci o seu sorriso apaixonado, o perfume que só aparece em excesso quando você oferta o pescoço a alguém. É uma graça a ilusão que você e suas amigas sustentam de que não precisamos de ninguém, que cada gota de perfume, cada roupa ou batom são apenas para nós. Como se o olhar do outro pouco importasse. Você realmente acredita nisso quando larga o celular e está sozinha, minha filha?

 O que o outro pensa a meu respeito povoa meus pensamentos o tempo todo, é angustiante, mas está tão misturado a quem sou que não consigo separar as coisas, me visto pensando se a cor me cai bem, se o modelo me favorece ou deixa meus quadris ainda mais estreitos, se o tamanho do vestido me rejuvenesce ou me faz parecer ridícula, se a tintura nos cabelos está em um tom de preto artificial demais. Minha preocupação se estende a tudo que me rodeia, quando casei eu checava o jaleco e as camisas do seu pai, morria de medo que dissessem que ele era mal casado, que perguntassem "Quem é a esposa desse homem, com essa camisa amarrotada, esse jaleco amarelado, que tipo de mulher permite o marido sair assim?". Deus me livre ser vista como desleixada. E o seu cabelo, nossa, eu te penteava freneticamente, trancinhas, coques, rabos de cavalo, o óleo de lavanda e a escova viviam em minha bolsa, imagina se apontassem pra você e perguntassem quem é a mãe dessa menina despenteada! Meu coração acelera só de imaginar, controlo tudo que posso porque em cada coisa está um tanto do meu valor.

Você finge não se importar, me diz que está empoderada porque usa o cabelo natural e cheio, mas o seu natural é cheio de cremes e hidratações e géis e definições, há um limite entre o volume bonito e o desleixado, você sabe disso, mesmo que me diga que não. A exigência de que a gente se ame mesmo quando o mundo nos empurra em direção contrária não é mais uma pressão, Izabel? Essa confusão entre querer e poder que a sua geração faz me incomoda. Existem coisas que a gente não pode, não importa quanto queira. E existem tantas outras que, além do querer, precisamos de mais braços e pernas e troncos e mentes, só de pensar em lutar tanto já fico exausta. A impressão que eu tenho é que vocês colocaram flores, quadros e difusores de ambiente na prisão e se julgam mais livres que eu. Acho graça, Maria Izabel, acho graça!

A minha mãe não podia sair de casa sem o meu pai ou as filhas, recebia tapas, ele podia discipliná-la, mostrar como deveria se portar, lhe dizia o que a mulher dele podia ou não fazer, ela obedecia, não tinha outro jeito. Seu pai nunca me levantou a mão, Deus me livre, mas havia algo de triste nos olhos da sua avó que por muitas vezes reconheci nos meus ao me ver no espelho. Eu chegava até a desviar o olhar para não enxergar essa semelhança. Mas já faz um tempo que não quero mais desviar dessa realidade.

Comecei essa carta falando de coisas boas, do seu namoro, da sua felicidade, do seu riso solto e do perfume inebriante, mas já misturei os assuntos, a minha mãe e os tapas e a tristeza cruzaram o caminho, me desculpe, minha filha, não era a minha intenção. Te ver tão apaixonada me faz pensar no amor, tenho refletido muito sobre ele, mas minhas referências são tortas, deformadas, eu não sei reconhecer o bom amor quando vejo um, te olho com meus medos e minhas ilusões, crio expectativas infundadas, oscilo entre ter certeza de que tudo será diferente dessa vez e a convicção de que todos os amores são iguais.

No dia em que seu pai voltou, eu estava tão feliz, tão animada, tão leve! Aquela Cristina que emergia era nova e luminosa, interessante e interessada, eu gostava do que o professor despertava em mim, dos risos que ele escavava com cuidado, da sagacidade que eu nem sabia que tinha. Era uma Cristina que sabia amar e ser feliz. De repente ela se foi sem que eu pudesse me despedir, seu pai voltou e ela correu para um canto escuro, se escondeu e só sai de vez em quando. Eu até tento construir intimidade, mas somos completas estranhas. Naquela noite, o professor me esperou na porta do nosso cinema por mais de uma hora, em 2001 os celulares não eram populares como hoje em dia e a gente deixava as pessoas esperando assim. Nós não veríamos nenhum filme naquela noite, mas aquele cinema era o nosso ponto de encontro favorito, de lá decidíamos para onde ir – era o nosso padrinho, precisávamos da sua bênção volta e meia. Injusto que tenha sido marcado pelo fim, por uma espera sem notícias, pela imprevisibilidade da vida. Ele quis ligar pra casa, mas tinha medo que você atendesse, queria respeitar meu tempo, mesmo que sonhasse em te conhecer. Imaginou que algo ruim tinha acontecido, tinha certeza que eu jamais faltaria por livre e espontânea vontade, mas nem por um instante imaginou que meu estado de separada, viúva de marido vivo ou algo parecido estivesse em risco, o sumiço do seu pai era um fato dado, imutável até então.

Chegou em casa e a secretária eletrônica piscava – você lembra o que é uma secretária eletrônica, Maria Izabel? –, ele a comprou quando nossos encontros passaram a ser frequentes, era uma forma eficaz de comunicação, me dizia que preferia escutar minha voz a ler um frio e-mail, uma escuta assim, voluntária e interessada, era estranha e fascinante ao mesmo tempo, tenho de confessar. Escutou a mensagem uma, duas, três vezes, não conseguia acreditar que algo assim era possível, que seu pai entraria novamente na nossa vida, justo quando tudo estava tão bem. Em momento algum achou que eu o aceitaria de volta, que me sentiria obrigada a voltar ao que era antes. Não podia imaginar que depois de conhecer uma vida mais feliz eu retornaria à mesquinhez que meu casamento me oferecia. Mas a verdade é que eu estava acostumada a viver com pouco, a ter mais motivos para reclamar do que para sorrir. É preciso muita força pra encarar os olhos tortos dos vizinhos, as falas atravessadas dos parentes, eu não sustentaria as mãos dadas, o seu desgosto, mal consegui sustentar o seu z, Iza.

A noite foi atribulada, tive pesadelos horríveis, bandidos invadiam a nossa casa, seguravam você nos braços, iriam te matar, eu chorava e implorava que te soltassem, me oferecia para tomar o seu lugar, "Não mexam na minha filha, não mexam nela, não mexam", mas eles riam, me olhavam com desprezo. Quando me deram um tiro, eu acordei, senti o pijama grudado no corpo, encharcado, por um instante achei que não tinha sido um sonho, que eu estava morta e os homens mascarados estavam na sala com você. Lembro que alisei meu peito e ele estava inteiro, não encontrei o buraco da bala, o que me molhava era suor. Levantei para pegar um copo de água, abri devagar a porta do seu quarto, queria me certificar de que estava bem. Você dormia tranquila, sonhava e sorria. Do corredor eu escutava o ronco do seu pai, a insone era apenas eu. Chorei o resto da noite, me sentia perdida, mas você e seu pai estavam felizes, eram a maioria, quem sou eu para destruir a alegria da família?

No dia seguinte, me recusei a levantar, queria fingir que a noite não existiu, senti o cheiro de café e escutei os risos de vocês na cozinha, não consigo dizer o que me provocou mais náuseas: o cinismo que fez seu pai voltar, a sua disposição para fingir que nada aconteceu ou o aroma insuportável. Esperei que ele saísse para o trabalho, mesmo não sabendo mais onde trabalhava ou que horários seguia, imaginei com que cara ele te deixaria na escola. Você olharia para o moleque que o viu com outra, não sei se sentiria vergonha ou orgulho. Bem, conhecendo a sua empáfia, deve ter empinado o nariz, "Ele nos escolheu, rodou o mundo e viu que não vive sem a família, que não há nenhuma mulher que nos substitua, voltou porque somos as melhores". E ser escolhida assim aumentaria o nosso valor, ele não precisava voltar, mas voltou. Simplesmente porque quis, porque nos amava, não por obrigação. Somos muito boas porque somos as preferidas.

Saí do quarto quando escutei o silêncio, abri o quarto de hóspedes, as malas não estavam desfeitas, entendi que as camisas e calças e jalecos só sairiam delas se fossem conviver com os meus blazers e vestidos e calças, eu sabia que aceitaria a situação, mesmo querendo outra coisa. Afinal, me acostumei a guardar o meu querer em esconderijos distantes dos olhos. Fucei as roupas, cada pertence, queria pistas de onde esteve, do personagem que assumiu em nossa ausência. Mas encontrei o mesmo perfume de sempre, sapatos semelhantes aos que usava, o jaleco com uma pequena linha amarelada na gola me fez rir, mesmo duvidando que ele tenha percebido. As malas me contaram que não foi ele quem as arrumou, a dobra das calças, a organização das meias, a presença de cuecas, os sapatos em sacos específicos, a nova relação acabou e ele não sabia para onde ir. Ela expulsou aquele homem da própria vida, ou ele destruiu a relação, ou descobriram que eu era a cola que os mantinha unidos, eu e o meu cuidado e responsabilidade. Imaginei então que, quando ela precisou assumir os colarinhos, as calças, marcar o oftalmologista e fazer a vida funcionar, não gostou da brincadeira, era mais fácil quando tinham hora marcada para se despedir. Ela assistiu de perto e percebeu que o espetáculo não era tão bonito, viu como eram os efeitos especiais e a magia se perdeu, a convivência era mais gostosa na fantasia.

Seu pai não saberia ficar sozinho, organizar a própria rotina, cuidar da própria roupa, pensar no mercado e no trabalho, precisa ter a quem pedir as coisas e de quem reclamar. E dificilmente ele se aventuraria em outra relação, não tentaria de novo, porque certamente tem as mesmas queixas dela e de mim. Voltar para nós foi mais cômodo, se uma nova relação traria novamente uma mulher que se queixa da rotina e do cansaço, que não tem disposição para o sexo, que dorme e acorda com poucos sorrisos no rosto, melhor escolher o problema conhecido. Ele repete que mulheres são assim, faz piada dos nossos tiques e ansiedades e queixas, é mais fácil nos culpar do que perguntar a si mesmo o que faz para provocar em todas reações tão semelhantes. Qual era o denominador comum dessas histórias? Se nos desfragmentasse, se olhasse com uma lupa as nossas reações e tirasse tudo o que nos separa e diverge, ele se reconheceria como o elo que nos une, minha filha. Como não consegue perceber algo tão óbvio?

Retirei o telefone do gancho com as mãos trêmulas, disquei o número que sei até hoje de cor, o "Alô" me fez desabar em choro, pela primeira vez aquela voz me despertava dor e não prazer, "Me perdoa", eu dizia, entre soluços. "Me perdoa", eu repetia e repetia, e ele me dizia que não havia do que pedir perdão, que a culpa não era minha, que daríamos um jeito, mas ele não entendia que eu não estava pedindo perdão pela ausência do dia anterior, mas pelas ausências futuras, pelos aniversários que eu faltaria, pelas viagens que não faríamos, pelos jantares que não compartilharíamos, pelos sabores que não provaríamos, pelas noites em que não estaria em sua cama, pelas manhãs em que não lhe daria bom-dia, pelas febres que viriam e que eu não lhe prepararia uma sopa. Pedia perdão pela minha covardia, pelos medos que me paralisavam, por ser uma boa esposa e uma péssima amante, pelos braços fracos que não sustentavam um desejo tão grande e tão forte.

"Vamos nos ver, Cristina", ele pedia calmamente, "Vem aqui em casa agora, vamos conversar, a gente vai dar um jeito, você não tem obrigação de aceitá-lo porque ele voltou, a sua vida seguiu. Vem, minha preta, vamos conversar", eu escutava "minha preta" e chorava mais alto, queria gritar com seu pai, com Deus, como ele pôde me preparar um destino assim, que crueldade! Eu sempre fui uma boa filha, o que recebi em troca? Uma época tão feliz acabando assim, tiravam das minhas mãos o doce que mais me lambuzara e eu não reagi, não fui treinada pra isso.

"Eu não consigo", eu disse, "não é certo". "Não é certo com quem, Cristina?" Ele contestava, a voz ficando mais alta, mais desesperada, "Não faz isso com a gente", ele dizia, mas eu não estava fazendo nada, Maria Izabel, eu achava que não tinha escolha, não podia simplesmente fingir que seu pai não estava novamente na nossa vida, mais de vinte e cinco anos juntos, uma vida inteira, eu tinha que tentar de novo, dar uma nova chance à nossa família, ninguém é plenamente feliz, e essa certeza me fazia mais resignada com a minha infelicidade.

Repeti mais alguns "Me perdoa", "Não consigo" e desliguei. Chorei por um tempo que me pareceu eterno, tomei banho, involuntariamente vesti preto dos pés à cabeça, um luto sem palavras, e segui para o escritório. Trabalhei mais que o de costume, queria que o dia se estendesse a ponto de não ter de voltar pra casa, eu e minha roupa preta vivendo ali, um dia após o outro. Passei na casa da sua tia, contei do meu assombro com a chegada do seu pai, ela sentia raiva, xingava ele de muitos nomes, mas dizia que você estava feliz e que entendia a minha decisão, conhecemos tantos casamentos sem amor, tantos casais que não se suportam, eu não seria a única. Mas esse discurso não se sustentou, logo me falou que precisava decidir se perdoava ou não, ficar de coração aberto ou mandar esse filho da puta pro inferno, e eu pedia que ela cuidasse do palavreado, eu já estava nervosa demais. Ela queria ser obediente às regras e me dar conselhos sábios e maduros, mas a rebeldia era a sua principal marca e em pouco tempo me incentivava a buscar a felicidade. Porém, felicidade e obediência não são compatíveis, não para quem obedece.

Cheguei em casa já perto das dez da noite, seu pai de pijama no sofá, o jornal nas mãos, você no quarto estudando, eu me sentia numa máquina do tempo. Uma caixa de pizza aberta na mesa me mostrava que a capacidade dele de cuidar permanecia a mesma, eu que me preocupasse com os nutrientes e vitaminas e saúde, a ele bastava ser legal. Entrei no meu banheiro, o creme de barbear estava na pia, o gel de cabelo, a escova dele, o pano de chão encharcado, a toalha molhada embolada em um canto. Tomei um banho demorado e tive uma noite sem sonhos.

Nunca mais vi o professor de teatro. Ele me enviou ainda dois e-mails que não respondi. Leio e releio até hoje, pois me fazem lembrar que o que vivemos foi real, não uma fantasia sonhadora da minha mente solitária. Ainda me toco pensando nele, volta e meia. Os meus seios caídos continuam me dando prazer e devo a ele o caminho que nunca esqueci. No silêncio do banheiro ainda me umedeço e o corpo responde ao toque e à memória.

Eu consegui te apresentar uma boa referência de amor, minha filha? Mesmo sem experiência no assunto, mesmo conversando tão pouco, você aprendeu a reconhecer uma boa companhia? Aprendeu caminhos para o seu corpo que são só seus, de mais ninguém? Diversas vezes vejo em você os olhos transgressores da sua tia, a rebeldia que ferve no sangue dela, e me regozijo. Não seja obediente, minha filha, nem a esse seu novo namorado nem a ninguém, não vale a pena. A teimosia é semente que precisa florescer em nós.

Terça-feira, 25 de março de 2014.

Você se casou novamente no sábado, Maria Izabel, eu não sei o que penso a respeito disso, minhas tentativas de conversas com você tomam rumos inesperados, penso A e falo B, você escuta D, as palavras se embolam e eu fico reprisando em minha mente o que deveria ter falado, o quanto eu erro e o quanto você erra, e penso ser melhor não dizer nada. Nunca fui boa com as palavras, meus pensamentos são caóticos e desordenados, tentar organizá-los me toma uma energia que não está disponível há algum tempo. Já me culpei muito por essa inabilidade, minha filha, mas, veja, cresci ouvindo que deveria ficar calada para parecer bonita, para parecer educada, estou cumprindo o que foi esperado de mim. Me disseram que eu receberia amor em troca e reconhecimento e cuidado e proteção, mas há uma desproporcionalidade nisso, sustentar tanta aparência me toma tanto que não há amor e cuidado e carinho que me recompensem. Eu oferto tudo, mas recebo poucos trocados, não vale a pena, não vale.

Eu ia falar do seu casamento e já estou falando de mim, mas este é o único lugar onde tenho falado e não insinuado, usado palavras e não apenas gestos, então me perdoe, Iza, vou falar de mim toda vez que der vontade. A sua esperança com a vida me anima e me assusta, é bonito te ver tentando de novo, acreditando que as coisas podem ser diferentes, mas tenho medo das consequências, assistir à sua coragem é amedrontador. Quando você era pequena, te levei ao parque com as suas amigas de escola, uma das meninas andava de bicicleta sem rodinhas, você queria tentar também, eu te falando que você não estava pronta e você insistindo. Eu vacilei por um segundo, baixei a cabeça para pegar um sanduíche, você montou na bicicleta dela, não andou nem meio metro, caiu no chão, no meio das pedras, o braço machucado, você gritava tão alto, a sua camiseta suja de sangue, uma ferida feia, eu te abraçava e dizia "Eu te avisei! Você não sabe andar de bicicleta ainda, menina, que teimosia!". Maria Izabel, as outras mães me trazendo gelo e toalhas e Merthiolate. Seu berro cada vez mais alto, a bicicleta da menina jogada entre as pedras, eu cuidando de você e procurando a mãe dela, que chorava também porque sua queda empenou a roda da bicicleta, eu querendo consertar o seu braço e a roda, a mãe dela dando-lhe um tapa e mandando a filha parar de chorar, onde já se viu tanto egoísmo num momento daquele, eu me sentindo culpada pela queda, pela roda, pela raiva dela, pelo choro dela. No outro dia você me pediu para te ensinar a andar sem as rodinhas, eu quase infartei, "De jeito nenhum, não viu a queda que tomou?". Eu não conseguia cogitar te ver subindo em uma bicicleta de novo, fiquei nervosa só de imaginar. Mas você não se deu por vencida, bateu nas rodinhas até suspendê-las, em uma semana você já estava andando de bicicleta, tinha uns sete anos.

Eu queria dizer que aprendi com a sua coragem, mas é mentira, cada vez que você subia na bicicleta minhas pernas tremiam, cogitei vender, doar, me livrar dela de algum jeito, não importava que você tivesse aprendido, eu só te via caída no chão. A sua coragem me parece sempre imprudência, e eu acabo por temer por mim e por você, tenho medos para esta e para muitas outras vidas, isso não é bom, mas é o que é. Engravidei de você aos vinte e três anos, não tive medo de estrias ou peitos caídos, eu já tinha me casado, tinha garantido um marido e agora era um filho que me ligaria a ele por mais tempo, não importava como o meu corpo ficaria. Meus medos eram maiores: tinha medo de que você morresse na barriga; que eu comesse errado e um alimento qualquer implantasse em meu organismo uma bactéria que te destruísse; tinha medo de que meu corpo te rejeitasse e eu nada pudesse fazer, que apenas o sangue quente escorrendo pelas minhas pernas no meio do dia me contasse que não havia mais bebê, e que eu era uma mulher tão defeituosa e incompetente que não conseguia segurar um filho no útero. Foram três anos até engravidar de você e todos me perguntavam quando eu daria um herdeiro ao seu pai, como se apenas eu fizesse uma criança. A ausência de um filho parecia uma escolha birrenta da minha parte, mas não era escolha, queria que acontecesse. Seu pai queria logo uma filha e me convenceu de que não atrapalharia a minha faculdade, eu poderia estudar com um bebê, era só um bebê, não podia ser algo tão difícil assim. Então eu nunca evitei engravidar, mas todos os meses eu dizia para ele que ainda não, não tinha engravidado, e dizia para a minha mãe para se contentar com a Adriana, pois meu corpo era seco.

No fundo eu não queria engravidar ainda, no fundo, não, a quem quero enganar?, no raso, na superfície, eu sabia que não queria, eu queria estudar, ler, virar a noite abraçada com o meu *Vade mecum* e não embalando uma criança. Mas um dia você veio, meu último semestre na faculdade, vomitei na prova de direito tributário, os impostos misturados a um visgo estranho, meus seios doloridos, o professor virando uma imagem disforme, irritantemente embaçada, meu corpo no chão. Acordei com as poucas mulheres da sala me abanando, não pude concluir a avaliação para a qual eu tinha estudado tanto. Uma semana depois abri o resultado do exame de sangue, positivo, eu estava grávida, os medos de engravidar e não concluir a faculdade, ou os medos de nunca engravidar e ser vista como uma mulher incapaz deram lugar a outros. Mas não posso dizer que foram apenas medos, eu me senti feliz e em paz, o seu pai me paparicava, alisava a barriga, te chamava de Izabel, tinha certeza de que era uma menina. Eu queria um menino, queria pôr no mundo alguém que não precisasse se preocupar com a transparência das saias ou com a cor do pano de prato. O médico olhava o formato da minha barriga, me dizia que era uma menina, naquela época não havia ultrassom em todas as clínicas, a gente tinha que esperar e esperar pra saber se o mundo seria cheio de laços de fitas e cor-de-rosa ou se no quarto habitariam os bonecos e os macacões azuis. Eu acreditava que o médico falava isso para agradar o seu pai. Ele me examinava, mas comunicava tudo ao seu pai, me tratava como alguém incapaz de entender as suas orientações, importante era o bebê, me tornei uma espécie de ameaça constante, tudo me era proibido, até chorar.

Todo mundo tinha uma dica para me dar e uma recomendação de "cuidado", a barriga crescia e você sobrevivia às minhas incompetências, firme e forte. Escrevi a monografia entre enjoos constantes, um sono que me turvava a visão, que desafio! Você já viu minhas fotos da formatura, a beca preenchida por nós duas, uma mão no canudo, a outra na barriga? Seu pai me dizia ser bobagem montar um escritório com um bebê chegando, crianças precisam da mãe e eu deveria estar em casa com você. Ele me ajudaria no que fosse necessário, mas as coisas mudaram e chegaram os estágios, depois a residência e a fase em que mais precisei dele foi a que ele mais trabalhou. Minha barriga crescia, a pele esticava e eu tinha a sensação de que se romperia, que as linhas claras que surgiam em minha pele escura se transformariam em uma fenda, e por ela os perigos do mundo entrariam e te atacariam. Minha mãe besuntava a minha barriga com óleo de semente de uva, me culpava por cada nova estria, como se fossem um sinal da minha displicência e irresponsabilidade, se eu não cuidava da barriga como cuidaria do bebê que morava nela?

Você nasceu e a sua avó verificava as suas orelhas, unhas e dobrinhas, buscava em cada uma delas o sinal de que eu não sabia o que estava fazendo, que era uma mãe com defeito, uma mulher pela metade. Eu tocava o seu peito obsessivamente, colocava as mãos em seu nariz para garantir que estava respirando, que o coração estava batendo, apesar da minha incompetência. Me sentia apavorada quando ficávamos sozinhas, você era um bebê pequeno, um bolinho de carne frágil, mole, incapaz de sustentar a própria cabeça, e eu tinha que sustentar a minha e a sua, e tudo me parecia tão perigoso. Você chorava alto, berrava com o corpo inteiro, não aceitava direito meu peito, eu o punha na sua boca e você o empurrava, era pra ser amamentação, não uma briga. Mas eu me sentia brigando com você o tempo todo, te implorava pra mamar e engordar e virar um bebê grande e vistoso, desses que fazem com que a mãe seja admirada, só que meu leite nunca parecia ser o suficiente, as gotinhas que saíam não agradavam seu paladar, as visitas me diziam que eu estava magra e tinha peitos pequenos e que mataria você de fome se não comprasse uma lata de leite. Eu resistia à ideia do leite, de mais leite além do meu, porque se as mães amamentam os filhotes, as cadelas amamentam, as gatas amamentam e as vacas amamentam, que merda de mamífera eu era? Mas você berrava alto, seu pai dava plantões e eu não dormia, o sangue do pós-parto vazava e sujava a minha roupa, eu fedia. Seu pai chegou em casa depois de uma semana, eu com os olhos fundos, sem dormir. Te pegou nos braços e falou que você havia emagrecido, nem precisava pesar, era nítido a olhos nus. Me resignei, enchi uma mamadeira e você também não a aceitou. Entreguei você nos braços dele, precisava de um banho, precisava chorar e não somente consolar o seu choro. Em alguns minutos se fez silêncio, o som do silêncio era bom e estranho. Seu pai te deu a mamadeira, você adormeceu nos braços dele, foi a primeira vez que passou mais de trinta segundos com você nos braços. "Acho que o problema era você", ele disse, assim, à queima-roupa, e eu quis sumir, porque acreditei que era mesmo, que você não gostava de mim. Em nenhum momento pensei que ele estava calmo e tranquilo porque não escutava o seu choro o dia todo como eu, porque não estava com um absorvente inundado e não sentia ardor ao fazer xixi, não tinha medo de arrebentar os pontos quando fizesse cocô, porque ele não tinha pontos cicatrizando na barriga.

Tentei amamentar mais algumas vezes, mas eu ficava cada vez mais nervosa e você também, as suas unhas, que eu tinha medo de cortar, me arranhavam, e eu desisti. Me senti ainda mais incapaz e pensei que agora qualquer pessoa podia te criar, nem do meu peito você precisava. Lembrava da gata que tínhamos quando eu era criança, um dia ela escolheu um canto da casa e pariu sozinha, os filhotes se penduravam nos peitos e os puxavam com agressividade, cada um parecia querer um pedaço dela para si, mas ela deitava indiferente, não parecia sentir amor ou dor. Eu segurava você em meus braços, olhava nos seus olhos, dava amor e carinho, ainda assim me sentia menos mãe que aquela gata, que não tinha a minha mãe fiscalizando suas atitudes nem a solidão que lhe doía os ossos.

O canudo que me entregaram no dia da formatura estava vazio, eu precisava ir na universidade buscá-lo em algumas semanas, mas eu pari, o tempo passou, eu não abriria um escritório e só tive tempo para pensar no diploma dois anos depois. Passados os primeiros meses do pós-parto, as coisas se acalmaram e você começou a dormir, a minha culpa pela mamadeira diminuiu, então comecei a me sentir mais sua mãe. Você ganhou peso, a angústia por te ver tão magrinha saiu das conversas do seu pai e da minha mãe, e eu pude respirar.

Não sei por que entrei nesse assunto e falei do seu nascimento, eu queria falar sobre seu casamento, sobre o dia que me contou que iria casar novamente, que tinha visto uma pousada na Bahia, que casariam na beira do mar, mas as coisas se misturaram e eu nem sei dizer o porquê. Você fez uma cerimônia íntima, estava tão bonita de noiva, o branco te cai bem, e a noiva que você era naquele momento não era a mesma que segurou a minha mão amedrontada no passado, estava segura. Escolheu o *buffet* de uma amiga sua, nem precisou da minha opinião. E eu te olhava e lembrava do bebê gritando no meu peito e da menina na bicicleta, em alguns momentos é difícil lembrar que vocês são a mesma pessoa. Ver a sua filha te entregar as alianças foi algo tão novo, no meu tempo isso não existia. A gente não casava pensando em ser feliz, a infelicidade não era motivo para deixar ninguém.

Seu pai nos deixou e tempos depois me disse que a infelicidade foi a maior razão desse ato. Eu cansei de dar a ele direitos que não tenho, Maria Izabel. Não quero falar de partidas, mas de recomeços, deixa isso pra lá. Quando a cerimônia acabou, eu te abracei apertado e falei que queria que você fosse feliz. Meus olhos encheram de lágrimas, você sabe que não sou dada ao choro, e os seus lacrimejaram também. E eu quis dizer que desejava que você fosse feliz por nós duas, que tivesse mais sorte que eu, mas não quero parecer uma coitada, tenho mais sorte que tanta gente nesse mundo, então falei somente da sua felicidade, porque falar da minha soaria inadequado ali.

O dia passou rápido e eu voltei para o quarto com o seu pai, me perguntei como ainda dividimos a vida e a cama, não gostamos de verdade da companhia um do outro, apenas nos acostumamos, fizemos uma promessa de seguir juntos quando tínhamos vinte anos e éramos tão bobos e inocentes, quem aquela menina pensava que era para fazer promessas em nome da mulher que sou hoje? Esse ano completo cinquenta e quatro anos, daquela garota inocente não sobra quase nada em mim, demorei a entender que só posso falar em nome da que sou agora, quem serei amanhã é um mistério que pode ou não sustentar as palavras que estou proferindo. Faz tempo que não releio o que escrevi aqui, tenho convicção de que sentiria vergonha do que falei, assim como de assumir que aquela que fui quando fugi e aquela que sou agora compartilham das mesmas queixas. Por quantos anos a minha covardia se arrastará?

Quarta, 14 de janeiro de 2015.

Ontem algo absolutamente inesperado aconteceu. Sei que já disse que o imprevisível me encanta e assusta, mas não canso de me admirar com as surpresas que a vida nos impõe. Acordamos inocentes, tratamos dias especiais como dias comuns até que a existência nos toma de assalto e voltamos no tempo buscando as pistas e os sinais que simplesmente deixamos passar. Tenho essa mania de querer corrigir as minhas ações, repensar meus passos, cobrando àquela que fui a consciência que tenho hoje, mas só tenho essa consciência porque ela foi quem foi. Não quero romantizar meus erros, minha filha, se pudesse realmente voltar no tempo, consertaria um por um, não consigo acreditar que isso me tornaria pior do que sou. Pois bem, acordei cedo, a casa estava tranquila e silenciosa, como tem sido há alguns anos. Sua filha completará dez anos em breve, e o choro e os pedidos de comida e a atividade da escola e o uniforme e todo o barulho que ela causa dentro e fora de você, que parecem infinitos e excessivos, vão acabar. A gente fica com um vazio enorme depois disso, uma cratera, não sabemos como ocupar as horas e os silêncios. Talvez quando chegar a sua vez você saiba, talvez não tenha cedido tanto de si e tenha intimidade com os seus desejos, eu não tenho, então não sei o que fazer com a lentidão com a qual o tempo se arrasta, tantos anos me ocupando de você e do seu pai e da minha mãe. Fico procurando motivos para te ligar e me preocupar e me ocupar, não sei viver despreocupada, o coração acelera, me falta o ar, tudo certo parece errado demais, algo está faltando em algum lugar e eu preciso descobrir onde e quando, é na falta que eu me sinto útil, é nela que eu existo de verdade. Insisto em procurar as lacunas na sua vida porque preciso me espremer nelas para me sentir abraçada. Não é chatice, Iza, é vazio.

Seu pai saiu antes que eu acordasse, tinha cirurgias agendadas desde às 6h30, não vejo necessidade de manter uma agenda tão intensa, mas também não reclamo, prefiro ele fora de casa do que aqui, ocupando meus silêncios. Tomei um banho demorado, Nina Simone e sua voz imponente tomando o banheiro, a vibração da música acordando o meu coração. Será que já não era um sinal? Passo dias sem me emocionar com uma música ou com um filme, economizo as minhas lágrimas, sinto que são escassas e não podem ser desperdiçadas com bobagens. Talvez tenha medo de perceber que há tanto pulsando em mim, me acostumo a transitar pelo mundo anestesiada, nem feliz nem triste nem nada. Mas ontem eu acordei e me emocionei com a música e vi o céu e o azul estava claro e as nuvens brincavam de exibir formas no céu e eu lembrei de quando procurava bichos nelas com você. Lembrei ainda mais fundo, antes de você e do seu pai e daquela que sou hoje, lembrei da menina que contava histórias com as nuvens, que via nelas ovelhas correndo e cachorros brincando e filhotinhos mamando na mãe. A beleza da vida tem dessas coisas, uma chama a outra e a gente começa a ver com mais lucidez, ao contrário do que dizem, lucidez é encantamento, minha filha. E eu vi as belezas que passam escondidas todos os dias, a cortina balançando levemente com o vento, o raio de sol entrando pela janela, a chama do fogo tremelicando enquanto aquecia a água do meu chá, a descoberta de que o cacto que comprei há alguns meses floresce lilás. Fico com medo de ver a beleza e esquecer a feiura, e então me tornar boba e despreparada para as agruras da existência. Vivo em alerta, atenta a qualquer descompasso que possa aparecer, estou sempre sobressaltada, ansiosa, mas sei que há tanto de belo no mundo, minha filha.

Pus uma calça de linho branca, uma blusa de algodão mostarda, entrei no carro disposta a não escutar a rádio e as notícias e os crimes e a economia e a falta de água. Pus música e continuei cantando, sentindo a melodia me chamar para dançar. A manhã passou rápido, preparei minhas petições e corrigi as dos estagiários, de repente era meio-dia. Deixei o carro no escritório, caminhei pela alameda sem saber direito onde almoçar. Justo eu, que me programo meticulosamente, que penso no próximo passo todo o tempo, decidi que o restaurante escolhido seria o com o melhor cheiro, o que convidasse os meus sentidos antes da minha razão, programar tanto a vida me engessa, já não aguento tanta dureza. O cheiro de coentro, canela e hortelã do novo restaurante árabe me chamou e talvez tenha sido esse o segundo sinal que deixei passar. Há alguns anos não comia algo assim e, de repente, o corpo pediu *mjadara*, do nada me vi sentada no restaurante com o cardápio nas mãos.

"Cristina?", eu ouvi aquela voz grave e suave ao mesmo tempo, e um riso involuntário brotou em meu rosto, em conflito com as sobrancelhas que se fecharam, um misto de alegria e assombro, e eu não sabia o que falar, o corpo pareceu desengonçado e desobediente, cada pedaço tomando decisões autônomas e independentes. Treze anos sem sentir aquele arrepio por outra pessoa, eu nem sabia que meu corpo ainda era capaz. A calça jeans clara e a camisa branca de botão realçavam a beleza da pele cor de chocolate, o cabelo acinzentado estava maior do que naquela época, novas rugas cercavam os olhos e a testa, algo era novo, mas tudo ainda estava igual. Depois dos quarenta, treze anos valem por vinte, e eu pensei que estava velha, que ele contaria no meu rosto mais que algumas rugas, mais que alguns quilos que preenchiam a minha roupa. A mão que tocou o peito dele não tinha tantas marcas, ele me olhava com um sorriso e eu tentava imaginar como estavam o meu batom, a minha roupa e os meus brincos. "Uau, quanto tempo!", eu disse, queria ter dito oi, ter fingido que não pensava no tempo e nos seus efeitos, mas a frase saiu sem que eu percebesse. Me senti ridícula por estar me comportamento como uma adolescente, por ter falado sem pensar, por ter demonstrado que reparei no tempo que passamos sem nos ver e que ele foi grande e intenso e assustador. "Você está linda com esse cabelo", ele disse, e eu sorri, lembrei que quando nos conhecemos eu usava cabelo comprido, nunca tinha fugido de casa e tinha vergonha de ir ao cinema sozinha, eu era outra apesar de ser a mesma. A lembrança de que tanto aconteceu na minha vida apertou o coração, eu queria saber o que tinha acontecido na vida dele, que peças estreou, com quem brigou, com quem fez as pazes, que filmes lhe arrancaram lágrimas e que piadas lhe fizeram rir, quem conheceu, com quem rompeu, casou? Fugiu? O que eu perdi?

Agradeci sem jeito, um riso encabulado, controlando a curiosidade, o desejo de saber mais. "Posso sentar com você ou está esperando alguém?", ele me perguntou sem rodeios, assim, direto como sempre foi. "Claro, senta", eu disse, mas confesso que estava com medo, é tão perigoso mexer nas memórias do passado, relembrar o que foi bom e a gente perdeu. Mas ele se sentou, segurou a minha mão e me disse que era bom me reencontrar. Eu quis chorar, minha filha, não por saudade dele, mas do meu sorriso quando conversávamos e do corpo cansado e em êxtase na cama após fazer amor, de me arrumar sabendo que seria admirada, que cada detalhe seria notado. O que sentia era saudade de ser escolhida por ele, do que isso despertava em mim. Ele não era um homem extraordinário, era comum, passava despercebido nos lugares, mas meus olhos viram nele o que ele via em mim, eu me via tão pouco que qualquer migalha virava um banquete.

Eu não contei que fugi, não quis falar do seu pai, me vi editando as minhas histórias, "Eu sou avó, você acredita?", eu disse, querendo fincar o pé no papel de velha, de não desejável, de carta fora do baralho. Desatei a falar da sua filha, da beleza que carregava nos olhos, da pele macia, do sorriso que fazia covinhas nas bochechas, a juventude e o brilho dela em contraste com a minha opacidade. Queria me sentir viva e falei de uma vida que não era minha. Ele sorriu, me disse que o filho também tivera filhos, dois meninos, mas não se prolongou em suas peripécias e gracinhas, me mostrou uma foto, depois de eu ter lhe mostrado tantas da menina comendo, brincando, suja de beterraba, rolando no chão com o cachorro, vestindo o uniforme da escola nova, os anos dela contabilizando a nossa distância, e a ausência crescendo, ganhando dentes, se espichando entre nós. "Não consigo acreditar que passou tanto tempo", ele me disse, me tirando do transe, me mostrando que estava vendo o mesmo que eu. As palavras desapareceram, eu não soube o que dizer e não precisava saber, um silêncio cúmplice nos sintonizou.

Já observou que alguns encontros tornam o silêncio algo confortável, tranquilo, natural como as palavras? Eu não sabia disso, confesso, sempre me senti obrigada a preencher os silêncios com pedidos, comentários, queixas, com seu pai as conversas desapareceram e a mudez era um sinal do nosso descompasso. Guardava em mim a sensação de que se não abarrotasse o vazio ele nos engoliria, então falava da minha mãe e da vizinha e de você e do cliente e do preço da cebola, falava e falava sem dizer nada, mas naquele momento o nosso silêncio disse muito, disse tanto, minha filha!

O garçom chegou com os nossos pedidos, comentamos sobre os pratos, sobre o cheiro bom. Ele provou e fechou os olhos, fez a cara de prazer que sempre achei engraçada. Eu ri e disse que senti falta de ver aquela careta feliz, eu não queria ter dito aquilo, não queria ter falado que pensei nele, queria fingir que era um reencontro normal, de velhos amigos. Fingir que nunca tinha abandonado nem cortado ele da minha vida como cortei. Eu falei e o sorriso dele se desfez, me disse que sentiu falta de tanta coisa, das conversas que tivemos na cama, do meu olhar encabulado quando me elogiava, do jeito que suspiro quando vejo um filme, dos meus comentários perspicazes sobre o noticiário. Eu quase já não era essa de quem ele sentiu falta, porque essas características quase nunca aparecem, nosso lado doce precisa de doçura para se mostrar, minha filha. Eu comecei a me defender, a dizer que não tive culpa, que seu pai chegou sem me avisar, falei sobre o meu assombro e tristeza e impossibilidade de negar à nossa família mais uma chance. Ele me ouviu em silêncio, os olhos fixos nos meus, a comida esfriando, o clima também.

"Você está feliz?", ele me perguntou, como se essa fosse uma resposta simples de se dar. "E quem é feliz?", eu respondi, me igualando a toda a massa de mortais que apenas vive a vida, porque essa coisa de felicidade é um luxo superestimado. "Não precisa ser feliz o tempo todo, ninguém é, mas também não precisamos estar condenados à infelicidade constante", as palavras saindo daqueles lábios grossos e cortando meu argumento, a minha pele, a minha casca. Segurei as lágrimas que umedeceram meus olhos, pus comida na boca, o nó na garganta se recusando a se desfazer, a kafta descendo a muito custo. "Não me vejo feliz nem infeliz, eu acho", falei como quem pensa em voz alta, não esperava nenhuma resposta em troca.

"Estou morando com uma pessoa", ele soltou a informação com uma leveza irritante. Não sei se pra me desiludir, pra dizer que não estava tentando reatar, pra se esquivar da minha infelicidade, ou se apenas queria ser honesto, me contar da vida e das suas surpresas. "Uau, me fala dela!", eu disse, com uma curiosidade genuína, pensando que queria saber dessa vida que poderia ser minha e que eu não quis, ou, como sempre, quis e não pude ter. Ele me contou que estava em uma fase gostosa da vida, que era bom ter companhia e aconchego, que relacionamentos maduros são mais calmos e seguros, pois já não há tempo ou disposição para joguinhos sem sentido.

Não fique com pena de mim, Izabel, não sofri ao saber que a vida dele seguiu, no fundo me senti menos culpada, tantas vezes me martirizei pela dor que causei a ele, saber que passou me fez bem. E me fez bem perceber isso, notar que o que vivemos não foi uma paixão avassaladora, mas uma descoberta minha com o meu próprio corpo. Reencontrá-lo me entregou de volta a possibilidade de me arrepiar com o novo, que tinha se perdido em planos de fuga e rancores pelo seu pai. O ressentimento tira a vitalidade, minha filha, é alimento que a gente rumina, rumina e se envenena, cansei desse amargor no meu paladar.

Acabamos a refeição, caminhamos até a porta do escritório, nos despedimos com um abraço demorado, ele se demorou no meu pescoço, meu corpo respondendo ao chamado, nós dois contendo a vontade de ir além. "Até qualquer dia desses, foi bom te ver", dissemos mutuamente, e eu não conseguia acreditar que nos vimos realmente, que aquele almoço aconteceu, que o meu dia reservava um encontro com ele e com o sorriso que ele convocava em mim.

Dirigi até em casa em silêncio, deixando decantar as sensações e palavras, me recusei a ir ao hortifruti, ao mercado, não importava quanto de melão e queijo tínhamos na geladeira, eu iria me perfumar e ir ao cinema e sentir o que não cabia em mim. Entrei na casa vazia, liguei a caixa de som, Aretha Franklin cantando em todos os meus poros, sem qualquer planejamento, me pus a dançar. Ergui as mãos suavemente, o corpo balançando de um lado pro outro, meus quadris enrijecidos pela existência se derretendo em sinuosidade, gotas salgadas e quentes escorrendo pela minha face, encontrando o sorriso que brotava, dor e alegria, pesar e leveza, passado e futuro girando em mim, às vezes a gente esquece que está viva, minha filha.

Segunda-feira, 8 de fevereiro de 2016.

Estou na varanda da casa de praia que alugamos para passar o carnaval. Seu pai cochilando na rede no quarto ao lado e eu consigo escutar o ronco que me é familiar há tantos anos. Acredita que no período em que não esteve conosco eu estranhei a ausência desse barulho? Estava acostumada a passar um ou dois dias sem escutá-lo, por conta dos plantões, mas um período prolongado foi assustador, faltava algo na noite, o silêncio profundo era incomum e perturbava meu sono, o som grave seguido de um assobio era um sinal de normalidade. Só depois de algumas semanas eu me acostumei, a ausência do barulho dele me fez escutar tantas outras coisas, e quando ele voltou, o ronco parecia mais alto, mais inadequado, mais irritante. Precisei novamente de algumas semanas para me readaptar, me acostumar, mas nunca foi como antes.

Você lembra das leis de Newton, minha filha? Pois então, a tal da inércia é um perigo. Um corpo parado tende a permanecer parado, um corpo em movimento tende a permanecer em movimento, as coisas tendem a permanecer como estão, mudar pede um esforço grande demais, parte sempre de um desequilíbrio. Dentro do carro em alta velocidade a gente não percebe a rapidez com que nosso corpo se movimenta, só vai, nós e o carro juntos, a freada brusca é que parece errada, absurda. Quando descemos e observamos um carro em alta velocidade pelo lado de fora, parados na calçada, percebemos como estava rápido, de dentro é muito mais difícil notar. Entrei nesse carro tão jovem, ele seguiu acelerado, os vidros estavam fechados, eu não desci e o meu corpo não percebeu que aquela velocidade e aquele destino não eram o que eu queria, simplesmente permaneci em movimento.

Seu pai e eu dormimos em quartos separados há um ano e você só descobriu agora, me perguntou o que estava acontecendo, me lançou olhares julgadores e eu não consegui explicar, não sei por quê, simplesmente não consegui continuar como antes. Talvez aqui eu consiga organizar as ideias e contar o que me fez tomar essa decisão e não outra. Me surpreende que os seus olhos me calem, que eu queira te poupar da minha verdade ainda agora, você mulher feita, mais de trinta anos, um divórcio, uma filha, um novo casamento. Será que um dia nos relacionaremos como mulheres ou seremos sempre mãe e filha, sem espaço para nada mais?

O encontro com o professor me deixou desnorteada por dias. Reencontrei um desejo de conversar sobre livros e filmes e sobre a vida, comentar sobre os assuntos que já não interessam ao seu pai. Me lembrei da sensação de me esticar na cama e dormir em silêncio. Desci do carro, observei-o de fora e rejeitei a sua velocidade e o seu destino. Seu pai deitado ao meu lado passou a me incomodar mais, levantei na madrugada por dias seguidos, caminhei pela casa, cochilei no sofá. Se os pelos do braço dele tocavam os meus, eu acordava agoniada, a sensação de que uma barata caminhava em meu corpo. O ronco entrava em meus sonhos, apareciam ursos ferozes, tratores demolindo lindos chalés, motosserras cortando árvores impiedosamente. Os pés arrastando os chinelos no começo da manhã me faziam despertar mal-humorada. Minhas mágoas impregnadas nos braços e nas pernas. Barulhos dele. Certo dia acordei com o corpo doendo, passei parte da madrugada no sofá, não tenho idade para isso, Maria Izabel. Seu pai entrou na cozinha, eu em pé na porta olhando para o quintal, as portas do armário batendo, "Você sabe se ainda tem açúcar?", ele perguntou, sem sequer me dar um bom-dia. Eu quis perguntar se ele tinha comprado, se lembrava da última vez que tinha entrado em um mercado para trazer algo que precisávamos em casa sem que antes eu tivesse orientado e pedido. Qual foi a última vez que lembrou que uma refeição pedia planejamento, organização, compra de materiais, limpeza dos eletrodomésticos e louças e fogão e cozinha, mas eu não queria escutar explicações, tenho preocupações maiores. "Quero que você durma no quarto de hóspedes", respondi. "Tá bem", ele murmurou, e ficou nítido que o incômodo não era apenas meu, que essa coisa de dormir juntos já havia dado tudo o que podia dar para nós.

Você sabia que na Índia, ainda hoje, em pleno século XXI, mais de noventa por cento dos casamentos são arranjados? Os pais e a família escolhem os pretendentes de acordo com as próprias regras, porque acreditam que se deixarem os jovens decidirem sozinhos, tomarão decisões pouco precisas e racionais, escolherão pelo desejo físico, e este não é um bom conselheiro. Lá se acredita que o amor é um presente dado pelos deuses após o casamento. Parece história de novela, mas não é, um jovem pode negar um pretendente ou outro, mas em algum momento terá de dizer sim e aceitar os desígnios de seus pais. Eles encontram os pretendentes uma ou duas vezes antes do casamento e, de repente, estão em uma cerimônia e estão casados e dormindo com um estranho ou estranha. Veja, minha filha, imaginar algo assim parece absurdo, surreal, como assim, se casar com alguém que não escolhemos? Mas a gente que escolhe também casa com um estranho, a diferença é que a nossa suposta liberdade nos ilude mais.

Passamos a vida vendo filmes e escutando histórias e aprendendo que alguém chegará e nos amará se fizermos tudo certo. E quando esse alguém não chega o erro é nosso, não da nossa ideia irreal de amor. Na Índia, os jovens sofrem porque não podem casar por amor, porque não podem desonrar os pais, desobedecer e envergonhar a família. Dar continuidade à família e mantê-la na mesma casta e status é um dos propósitos de se ter filhos, não se pode negar a obediência a esse propósito, os pais adoecem, a mãe adoce, então a pessoa se casa, e se cruzam os dedos para que o ninho seja presenteado com o amor dos deuses. Mas por vezes esse amor não vem, mesmo que o casal seja programado para procurá-lo nos pequenos detalhes, ele não aparece. Aqui a gente sofre quando percebe que o amor pula pela janela no dia a dia, se recusa a conviver com a rotina, as contas, o choro de bebê e as toalhas molhadas na cama. Talvez os deuses presenteiem alguns com um amor resistente, que envergue, mas não quebre, que se mantenha vivo após o sim, mas não são muitos, minha filha, não são.

Dormir diariamente com o seu pai era um mal desnecessário, cumprimos esse acordo por muito tempo, agora podemos nos dar ao luxo de um tanto de liberdade. Gosto do cheiro de amaciante no meu travesseiro, de me esticar na cama, de ler até mais tarde sem qualquer resmungo. Eu queria te contar que tivemos uma conversa madura, que falamos dos nossos limites e desenhamos novos combinados, mas nunca deixamos nada dito e claro entre nós. Nossas tarefas foram dadas em comum acordo, no final das contas, não somos tão diferentes dos indianos, por mais que pensemos o contrário.

Um pouco depois de comunicar a minha decisão, cuidei de preparar o quarto de hóspedes. Abri as janelas, troquei os lençóis, pus os travesseiros com o cheiro dele longe de mim. Depositei na cabeceira a losartana. Aproveitei o clima de mudanças e retirei as coisas dele do meu banheiro também. O creme de barbear, que está sempre destampado e fora do lugar, o xampu e o condicionador com cheiro enjoativo de hortelã, a toalha permanentemente embolada. Mais de vinte anos suportando os respingos de xixi no vaso e no chão, a sensação de impureza no ar, cansei. Me pergunto se o amor acabou ou se foi a esperança que se foi. Tenho pensado sobre isso, minha filha, sobre essa busca pelo amor nas pequenas atitudes, os significados enormes que damos a coisas bobas, o quanto a gente ama amar alguém.

    Há alguns meses, a sua prima entrou em casa chorando, me pedindo conselho, "Tia, me ajuda, preciso te contar algo, mas não conta pra ninguém". Você sabe como eu me assusto fácil, achei que ela tinha cometido algum crime, a voz falhava, as mãos tremiam, ela chorava desesperadamente. "Senta, minha filha", eu disse, correndo pra cozinha para preparar um chá de camomila, "Não chora, menina, eu estou aqui, estou aqui". "Ah, tia, como ele fez isso comigo, como?", "Ele quem, meu amor, ele quem?" As lágrimas desciam copiosamente, a saliva travava no meio da garganta, os soluços impediam que as palavras saíssem. Minhas mãos estavam frias, meu corpo começou a doer, nunca vi a Adriana assim, nunca. O chá ficou pronto e ela ainda não conseguia dizer nada, a tristeza e a vergonha atrapalhavam demais.

    Vou te contar o que me lembro da história, perdoe as falhas, nenhuma memória é realmente confiável. Sua prima conheceu um rapaz pela internet, eu sempre considerei isso perigosíssimo, minha filha, uma loucura, mas ela não tinha a intenção de namorar ou se envolver com ninguém, conversava com ele pra passar o tempo, me disse que não era nada de mais. O rapaz dava bom-dia todos os dias, perguntava se ela havia dormido bem, se tinha se alimentado direito. Ele escutava sobre os problemas que ela estava vivendo no trabalho, perguntava se a colega encrenqueira finalmente assumiu as próprias responsabilidades, se a gatinha tinha melhorado da indigestão. Se falavam várias vezes no dia, mas sem nenhuma cobrança, ele parecia tão disposto a doar amor e tempo, que ela acreditou que ele era diferente, não era como os outros que apenas querem tudo para si. Boi com sede bebe lama, Izabel, e ele escancarou uma sede que ela nem sabia que tinha, ela aceitou a água suja como se fosse límpida e recém-saída de uma fonte mineral.

De repente se falavam até tarde da noite e o dia parecia incompleto se não chegasse uma mensagem de amor. Faziam videochamadas e falavam pelo celular, ele estava em um trabalho em Hong Kong, em poucos meses estaria de volta ao Brasil e eles se veriam, se casariam, iriam embora e viveriam uma história de amor sem precedentes. Veja bem, minha filha, não vou criticar a Adriana, um amor daria sentido não somente ao futuro, mas ao passado também. Que bonito contar que todos os relacionamentos ruins, todas as brigas sem sentido, todo encontro malsucedido não foi um azar, mas uma sorte. Um tijolinho que construiria uma linda história romântica, o menino que puxava o cabelo na sala de aula, o namorado que gritava por ciúmes, o que ameaçou se matar se ela terminasse, escritos divinos em linhas tortas. Percebe como tudo ganharia uma razão?

Ele mandava as mensagens e cada dor da vida ganhava uma nova cor e perspectiva, até o fracasso profissional ganhava um novo sentido, ela estava em um conto de fadas, era a princesa, e o príncipe vinha do estrangeiro para salvá-la de uma vida exaustiva. Até que ele contou, desesperado, que sofrera um golpe no país distante, que precisava vir para o Brasil, que ao chegar resolveriam a vida juntos, que as contas bancárias estavam bloqueadas, mas aqui tudo daria certo. E ela acreditou, minha filha, limpou a poupança, "Passagem comprada em cima da hora é cara mesmo, tia, e ele tinha que pagar as contas lá, entregar o apartamento", e ela voltou a chorar muito. Fazia uma semana que as mensagens de bom-dia pararam, que a preocupação com a alimentação dela acabou, que os dentes e as dores de cabeça voltaram a ser apenas dela e de mais ninguém. No meu sofá, ela chorava de preocupação, não sabia dizer se tinha sido usada ou se ele havia morrido, "Será que aconteceu algo, tia? Ele deveria ter chegado há alguns dias", e ela voltava a soluçar.

Iza, ela não conseguia dar nome de golpe ao que viveu, na verdade, o dinheiro não era a maior perda, ela perdeu o presente, o futuro e o passado, o romance de novela, precisava encarar a vida em sua crueza, a mentira sustentava muita coisa. Fui a mensageira das péssimas notícias, falei de delegacia, de boletim de ocorrência, ela me dizendo que não conseguia acreditar, ora chorando o fim do relacionamento, ora chorando a certeza da morte do amado. Pedi os dados que tinha dele, nenhum dado real, o nome completo não existia, a conta para a qual transferiu o dinheiro pertencia a alguém que já morreu. Como pode, minha filha, o desejo de viver aquela fantasia tapou todos os buracos na história dele, ela justificava cada não saber, cada contradição tinha uma razão de ser, ela não averiguou nada do que foi dito nenhuma vez. Afirmava amar aquele homem, mas o homem que ela amava não existia, o golpista deu a tela e um pouco de tinta, ela pintou e coloriu. A gente aprende a manejar esses pincéis muito novas, nos acostumamos a derramar amarelo, rosa, lilás, verde e vermelho em qualquer rabisco sem graça que aparece.

Eu amava amar o seu pai e sonhar com o nosso futuro, mas o nosso futuro chegou, os anos passaram e toda a paz e alegria que eu achei que um dia viriam não chegaram, meu investimento não teve o retorno esperado. A vida descoloriu a minha tela e eu cansei de pintar sozinha. Quando contei que dormiria com a sua filha e não com o seu pai, você arregalou os olhos, me disse que separou o melhor quarto pra nós dois, que a cama era maravilhosa, e eu te falei que isso não importava, você parecia ter novamente quinze anos. Mas eu não sou a mesma, minha filha, não cedi, você lide com a sua decepção e eu com a minha.

"Aconteceu alguma coisa?", você me perguntou, e eu me surpreendi com a sua inocência, o que mais poderia ter acontecido além de tudo que já vivemos? Não tenho motivos o bastante para querer um espaço só meu? "Seu pai ronca demais", eu disse, e nós fingimos acreditar que essa seria a razão. Você riu, eu ri, tudo falsamente explicado, tudo falsamente entendido.

Ontem vocês saíram para o bailinho, sua filha vestida de super-heroína, os cabelos amarrados em dois lindos afro *puffs*, braceletes do poder nos braços, e eu pensando em como nos acostumamos a aceitar pouco, fingindo que é muito. Não quero pouco para mim nem para você nem para Adriana, que substituiu o falso namorado pelo remédio para dormir. Por isso meu quarto é só meu, Izabel, porque já não dá pra aceitar menos que o mínimo.

Quinta-feira, 29 de junho de 2017.

Quanto se vive em um ano, Maria Izabel? Reli a última carta que te escrevi, fevereiro de 2016, pouco menos de um ano e meio atrás, mas tenho a sensação de que, desde então, se passou uma década. Não sei direito por onde começar a narrar os últimos acontecimentos, muitos deles você até conhece, mas não daqui, de dentro de mim, por isso insisto em contá-los.

    Sua tia entrou em casa esbaforida, tinha encontrado um caroço no peito, certeza de que ele não esteve sempre ali, era novo, diferente, queria que eu tocasse, queria saber se nos meus peitos havia algo assim também. Gosto da liberdade que temos de entrar na casa uma da outra sem prévio aviso, faz parecer que não temos nada a esconder. Esconder-se todo o tempo é difícil demais, mas falar de peitos é intimidade além da conta, a sua tia nunca soube o momento de parar, é escancarada, excessivamente despudorada. "Deixa meus peitos em paz, Carla, você não tem jeito, Deus me livre!" "Para de achar que tudo é sobre você, Cristina. Eu estou falando desse caroço que não estava aqui, quero saber se o seu tem também, mas é pra me acalmar, vai que é normal, que com a idade os peitos caem e se enrugam e ficam caroçudos?"

Só então entendi do que ela estava com medo, o que queria ouvir de mim? Queria que todo peito de velha tivesse caroços, que fosse apenas mais uma característica da idade, que não houvesse nada a temer. Mas meus peitos murchos não tinham caroços ou bolas ou calombos acompanhando as estrias e a flacidez. Toco meus peitos, minha filha, não somente para examiná-los ou testar qualquer doença, toco por saúde, porque deles brota saúde, no arrepio e no líquido que me umedece e faz latejar. "Não há de ser nada, Carla, marca a ginecologista, vai ver como estão as coisas, só por garantia."

"Eu estava tomando banho e, quando ensaboei o peito, senti um caroço estranho, do tamanho de uma azeitona. Não me lembro dele aqui, Cristina." Contou que não ia à ginecologista fazia anos, não havia homem que a penetrasse, por que cargas d'água precisava que alguém lhe olhasse as partes íntimas? "Você precisa se cuidar porque é importante para você mesma", falei, nervosa, e ela me pediu para parar de dar bronca e lição de moral, que não estava ajudando em porra nenhuma; eu gritei pra ela parar de xingar, porque não gosto de palavrões. Veja, minha filha, estávamos com medo, nós duas, sabíamos o que aquele maldito caroço significava, estávamos dando voltas para não encararmos a verdade de frente, o medo nos deixa tensas, à flor da pele, eu fico irracional, quero fugir dele, e brigo e reclamo e fico com o pior humor do mundo. Fiquei com raiva porque ela podia ter notado aquele caroço quando era um grão de milho, ou antes disso, mas não, ela não fazia qualquer acompanhamento e eu lembrei que não voltei para o retorno à ginecologista também, faz tempo que a dor de cabeça me visita e eu não marco um clínico geral ou cardiologista ou neurologista ou sei lá o quê. Odiei a vulnerabilidade dos nossos corpos, a ridícula fragilidade humana.

"Vou marcar uma consulta, posso ligar daqui? Quer que eu marque pra você também?" Aquela era a sua tia me pedindo companhia, precisando de ajuda. Somos íntimas, mas não assim, minha filha, não com essa facilidade para falar do que precisamos, pedimos ajuda com frases insinuadas, demonstramos amor com roupa passada e comida na mesa. "Marca, sim, também estou precisando", e aquela era eu dizendo "Eu te amo e estou com você para o que der e vier". Os olhos dela encheram de lágrimas, ela entendeu, eu sei que entendeu. Conseguiu um encaixe dois dias depois, em uma semana realizou a ultrassonografia e a biópsia, em um mês estávamos na sala de um mastologista e falávamos sobre oncologistas e quimioterapias e cirurgias e exames com nomes insuportavelmente complicados, cada envelope que abríamos trazia consigo tensão, ansiedade e nervosismo.

Você me explicava que não era hereditário, que era pouco agressivo, que a cirurgia e a quimioterapia e a radioterapia resolveriam o problema, me dizia que tudo daria certo, mas eu não conseguia acreditar. Minha mente é criativa e trágica, minha filha, e eu imaginava todas nós doentes e com os seios amputados, você, eu, sua filha, sua prima, sua tia. Entrei na menopausa aos quarenta e nove anos, não costumo falar disso, tenho vergonha de assumir que envelheci, que meus ovários secaram, que meu útero já não possui tanta serventia, como se apenas meus órgãos definissem quem eu sou. Me imaginar na menopausa e sem o seio me aterrorizava, que pena que eu senti da sua tia.

Ela saiu da sala de cirurgia depois de mais de seis horas de operação, você me disse que foi um sucesso, a axila estava limpa, e eu comemorei uma axila sem tumores. Veja o que é a perspectiva, de onde estávamos, um tumor a menos era muito o que celebrar, mesmo que isso significasse um seio a menos também. Assim que acordou da anestesia, sua tia me disse que havia algo sério pra me contar, eu senti meu coração parar por alguns instantes, o que seria tão sério que precisava ser falado naquele momento? "O peito esquerdo se deu bem, não vai precisar dividir atenção com ninguém, vai receber chupadinhas sozinho!", falou e gargalhou como uma criança após uma travessura. "Isso não é hora de brincar, Carla!", respondi irritada, ela gosta mais de falar de sexo do que de fazer, tenho certeza, há um prazer único em transgredir com palavras e gestos e dizer pornografias sorrindo, os dois peitos não eram acariciados por ninguém fazia tempo, Iza.

A recuperação da cirurgia foi tranquila, você sabe, acompanhou todos os exames, leu todos os relatórios e olhou a cicatriz onde antes havia um peito. Não tivemos intercorrências e problemas, mas nada estava resolvido, ainda teríamos pela frente sessões de quimioterapia e vômitos e enjoos e exames de sangue constantes. A primeira sessão me surpreendeu, achei que encontraria uma sala sombria, com pessoas moribundas e tristes pela própria sorte, acompanhantes de olhos fundos e cara de choro, sobrecarregados pelos cuidados com os doentes e pela desesperança. Mas assim que entramos havia um bolo bonito no centro, balões pendurados no teto, sorrisos e gargalhadas altas, uma mulher com um chapéu de aniversariante perdido na rala penugem que surgia na careca. Ela parecia ter pouco mais de sessenta anos, o sorriso e os olhos brilhantes disfarçavam o vazio deixado pela ausência de sobrancelhas. Assim que nos viu nos cumprimentou, "Oi, sou Marlene e hoje é a minha última sessão!". As outras fizeram barulho, "Viva, viva!", diziam, e eu me senti um pouco inadequada com meu medo e tristeza.

Sua tia se sentou na poltrona ao lado dessa senhora, uma enfermeira se aproximou, conectou o remédio ao catéter e o líquido passou a descer lentamente. Nós duas olhávamos para o remédio vermelho, até que o silêncio foi interrompido pela felicidade de quem estava no final do caminho. O vestido florido trazia ao momento o ar de festa, o batom vermelho e os brincos grandes nos diziam que havia vida após a câncer. A filha dela conversava com a moça ao lado sobre o capítulo mais recente da novela, riam e se indignavam juntas, pareciam amigas de longa data. Em pouco tempo sabíamos o nome e parte da história dos cinco pacientes que compartilhavam conosco aquela sala. Marlene descobriu o câncer de mama durante uma mamografia, fez uma dupla mastectomia, quimioterapias e faria ainda vinte e oito sessões de radioterapia. Era viúva desde os quarenta e oito anos, quando o marido faleceu devido a um infarto fulminante no escritório onde trabalhava. Morava em um sobrado aconchegante a duas quadras da nossa casa, na companhia de um vira-lata chamado Farofa. Na poltrona ao lado dela estava Milena, uma jovem que descobriu o câncer de mama amamentando o filho mais novo, que tinha sete meses. Sete meses, minha filha! Ela achava que estava com mastite, que o caroço era o peito cheio de leite, que era vida transbordante, mas eram as células enlouquecidas e deformadas, os hormônios fizeram o câncer crescer rápida e agressivamente. O caminho dela era inverso ao da sua tia, quimio antes da cirurgia, depois mais quimio e rádio e sabe-se lá o quê. Disse que se desesperou no começo, chorava agarrada ao menino, sonhava em amamentar até os dois anos do pequeno. Não havia conseguido amamentar a primeira filha no peito, achou que agora consertaria tudo, mas não, desmamou o menino abruptamente, ajustou o sonho para se manter viva. Me contava da história sem desespero, já a repetiu muitas vezes, estava tranquila. "A vida segue, né?" Ela riu, voltou a conversar com a filha da Marlene, enquanto o marido jogava no celular.

Na poltrona ao lado da Milena estava Fátima. Tinha um câncer no pâncreas, nunca fumou ou bebeu, praticava atividade física regularmente, fez tudo certinho, mas a vida não lhe deu o merecido prêmio por bom comportamento. De todas, era a mais magra, aparentava uma fragilidade angustiante. A voz falhava com frequência, volta e meia cochilava. Era uma mulher de trinta e oito anos, alta executiva em uma multinacional, o marido a abandonou pouco mais de um mês após o diagnóstico. Disse que não daria conta de apoiá-la, não tinha a força dela, que não era tão bom assim. Ela estava em tratamento havia seis meses, ele já namorava outra pessoa, uma jovem de vinte e nove anos com quem planejava ter os filhos que ela se recusou a ter. As chances que tinha de melhorar eram quase nulas, estava em cuidados paliativos. Do lado direito da sua tia estava a poltrona do Jonas, que enfrentava um câncer de pulmão. Era o único homem em tratamento na sala e estava acompanhado pelo marido. Eram jovens, trinta e poucos anos, dois anos de relacionamento quando ele adoeceu. Riam e faziam planos para o futuro, falavam da entrada na fila da adoção assim que o tratamento acabasse. Os pais dele se afastaram quando assumiram o relacionamento e não se reaproximaram mais, mesmo após o câncer. Ele havia feito um jantar, reuniu a família inteira, pai, mãe, irmão e irmã. Serviu o prato principal, deu a mão ao namorado, "Eu quero contar pra vocês que ele e eu somos amigos e dividimos o apartamento, sim, mas não só isso. Ele é o meu companheiro de vida". O pai se levantou, "Não tenho filho viado!", a mãe só disse "Sinto muito, meu filho", seguiu o homem que já avançava pelo corredor. O irmão seguiu o pai, "Te ligo depois", a irmã o abraçou e chorou junto. Ao perceber que a filha havia ficado pra trás, a voz grave ressoou pela sala, "Você vai ficar? Já perdi um filho, não me custa nada perder a filha também". A jovem saiu entre lágrimas, "Desculpa, desculpa, eu te amo, irmão", seguindo o pai. A única mão que o segurava apertou forte.

Que tristeza, minha filha, ter de escolher entre a família que queremos construir e a que nos trouxe para o mundo, constatar que quem nos criou ama apenas a imagem que tem de nós, não quem somos. A irmã encontrava com ele escondido, clandestinamente, a mãe tinha notícias dele apenas através da filha. Tinha medo de visitá-lo, mesmo após a doença. Quando o pai soube que ele estava doente, disse que era castigo divino, que ele fez por merecer. Não entendo esse Deus vingativo, rancoroso e cruel, à imagem e semelhança do que há de pior no homem, que criou a humanidade inteirinha apenas para adorá-lo, bajulá-lo e reafirmar o seu poder. "Você tem livre-arbítrio, mas se escolher o que acho errado, vou te punir e castigar e humilhar para todo o sempre, amém!" Eu sou uma reles mortal, Maria Izabel, mas nunquinha nessa vida que eu vou te castigar e te punir pra sempre, que vou querer que você viva pra me fazer feliz, que loucura!

Ao lado dele estava Núbia, também tratando um câncer de mama. Era uma mulher de quarenta e dois anos, descobriu dois pequenos caroços no seio em uma ultrassonografia, fez a cirurgia e retirou um quadrante, fez a reconstrução no mesmo momento. Tinha toda uma crença mística sobre a doença, estava certa de que o câncer de mama era mágoa guardada, em um seio era dor relacionada às mulheres da nossa vida, no outro, dor das relações dolorosas com os homens, por isso precisávamos perdoar para encontrar a cura. Eu respirei fundo, porque a minha vontade foi de brigar e xingar e dizer que, se toda mulher com mágoa do marido que traiu, dos filhos ingratos ou da mãe egoísta desenvolver um câncer, não teremos seios suficientes no mundo. As mulheres perdoam demais, minha filha, a gente deveria perdoar menos, aceitar menos, gritar mais. Talvez não seja falta de perdão, mas de grito, de "Chega, não quero mais!".

A última gota do remédio da Marlene pingou, enquanto todos olhavam emocionados. A filha filmava, olhos cheios de lágrimas. Uma chuva de aplausos tomou o ambiente e eu me emocionei, chorei e aplaudi também. A médica chegou na sala, as enfermeiras celebravam, fatias de bolo de chocolate com brigadeiro e morango foram distribuídas para todos nós. Era uma festa, de verdade, todos comemoravam a vida como em nenhuma festinha de aniversário que você já foi. Marlene abraçou um por um, mandou beijos para os parentes e amigos de cada paciente, "Fala pra sua mãe que eu mandei um beijo, Núbia", "Milena, não esquece de continuar me mandando foto do bebê e da pequena, hein?", "E você, Jonas, quero saber tudo quando chegar o neném, será que vão adotar irmãos? Imagina, chegarem dois filhos de uma vez só!", falava, batendo palmas! De repente parou na nossa frente, "Eu ia esquecer de falar, hoje estou agitada! Comecei um clube do livro com umas amigas e algumas pacientes aqui da dra. Lívia, vamos iniciar um livro novo na semana que vem, *A cor púrpura*, eu nunca li! O último que lemos foi tão bom!". Sua tia nem me esperou responder, a Cristina ama esse livro, "Nós vamos sim, me passa o endereço!"

Carla consegue ser mais animada que eu, mesmo com um peito a menos, um câncer, a quimioterapia, o medo, a solidão e uma casa sem homem. Eu estava com o "não" na ponta da língua, um encontro de velhas pra ler um livro que li tantas vezes, o que de novo elas poderiam me trazer? Cachorro velho não aprende truque novo, por que eu iria começar a frequentar um clube do livro, Iza?

Torci para que a sua tia tivesse topado apenas por educação, mesmo sabendo que não, que ela queria ir, duas semanas depois ela me disse que eu a acompanharia e que não aceitava o não como resposta. Olhei a cabeça coberta com um lenço estampado e pensei que eu devia isso a ela, então disse sim. Nos encontramos em um jardim, seis mulheres entre os cinquenta e cinco e os setenta anos, livros na mão, bolo, café, vinho e salgados numa mesa. Todas tão diferentes... a amizade nasce em lugares improváveis, afinal.

Quinta-feira, 29 de março de 2018.

As malas estão prontas na porta de casa, nunca foram tão bonitas, nunca estiveram tão alegres. Olho para elas e me emociono, o pensamento de que estou sendo ridícula por fazer isso surge e eu mando ele à merda, Maria Izabel. Você já deve ter percebido, aprendi a mandar à merda e tenho achado libertador, pareço criança ao descobrir uma palavra nova. Quando você aprendeu a falar "por favor", dizia o tempo inteiro. "Mãe, quelo água, pufavô!, "Mãe, me dá a buneca, pufavô! Eu não quelo, pufavô!" Tinha mais "pufavô" no seu dia que orégano na pizza da sua tia, uma loucura! Pois bem, mandei a sensação de estar sendo ridícula à merda, pelo menos esse sentimento eu consegui mandar à merda. Às vezes não consigo, deixo que o medo de parecer ridícula governe as minhas escolhas. Não vou vencer todas as batalhas, já entendi e me conformei. Mas essa, ao que parece, estou vencendo.

O táxi chegará em cinquenta minutos, estou pronta há mais de uma hora, ansiosa como uma menina. Talvez seja essa a grande beleza do envelhecimento, minha filha, a liberdade de aceitar que somos, também, crianças. Agora, aos cinquenta e oito anos, estou aprendendo a fazer as pazes com as minhas infantilidades. Injusto demorar tanto, não? Passei alguns longos minutos na frente do espelho, observando a mulher que me mirava e me perguntando como as outras que fui reagiriam a esse encontro. Não realizei a maioria dos sonhos que tiveram, não visitei os lugares que imaginaram, não me tornei a que acharam que me tornaria, mas já não tenho vergonha das minhas derrotas, todas essas que já fui sabiam muito pouco da vida, Iza.

Deixei os *scarpins* no armário, no pé levo um tênis; na mala, uma sapatilha e uma sandália. Comprei camisetas de algodão, multipliquei os vestidos mais soltos e folgados, as calças leves. Já me bastam as tensões e os medos que carrego mesmo que involuntariamente, não quero comigo nada que me aperte. Tantas prioridades mudaram, comemoro as pequenas vitórias, elas são o que me resta.

Passei a mão nos cabelos curtos, os mantenho assim há mais de uma década. Agora estão começando a pratear e eu ainda não decidi se vou pintá-los. Estou usando as argolas que você me deu, dois aros redondos que parecem ainda maiores em minhas orelhas. Me surpreendi quando abri a caixinha de presente, você me contou que percebeu meu olhar para elas da última vez que fomos ao shopping, e eu nem sabia que você me observava ou que eu lançava olhares diferentes para argolas por aí. Ficaram bonitas, eu tive o impulso de tirar uma foto, mandei o "ridícula" à merda mais uma vez. O celular vibrou e era a sua tia, pela milésima vez, me enchendo de perguntas sobre os horários, a passagem e o *check-in*. Carla completa sessenta anos em alguns meses e nos demos conta de que nunca havíamos viajado juntas. Nunca, minha filha, não assim, sozinhas, sem você e sua prima correndo entre nós. Nunca havíamos escolhido um destino por conta própria, não escolhíamos os restaurantes porque gostávamos, não escolhíamos uma data porque a tínhamos disponível. Não sabíamos agir com tamanha liberdade, as possibilidades pareciam tantas. Marlene nos proibiu de responder "tanto faz" ou "você decide", ela tem mais experiência em querer, é viúva há muitos anos e a filha mora fora do país faz tempo.

A imagem da Marlene careca e com brincos grandes e vestido florido me marcou para sempre, a última quimioterapia dela, a primeira da sua tia, o encontro no qual entendi que preciso da amizade de outras mulheres para ser feliz. Continuo duvidando veementemente de que exista felicidade, minha filha, de que haja um lugar de constante contentamento, sigo certa de que a felicidade está nos intervalos das tristezas, dos cânceres, das separações, dos assombros. Ela nos visita e se vai, deixando pra trás o desejo por mais um gole. Será que vivi tanta dor que agora, só agora, consigo encher os pulmões com a brisa que cerca a felicidade em suas chegadas? Ou será que o riso de outras mulheres me empresta ar quando o meu está em falta? Eu seria mais feliz se não tivesse vivido para o seu pai e você e a casa e as toalhas limpas, sempre muito limpas, e os móveis sem poeira? Seria mais feliz se não tivesse deixado de priorizar estar com as minhas amigas, se os nossos encontros não tivessem sido substituídos por churrasco em família, se os nossos segredos não tivessem de ser sussurrados, traficados no canto da cozinha enquanto preparávamos a comida e lavávamos a louça?

Conheci minha primeira melhor amiga com pouco mais de cinco anos de idade. Eu estava sentada em minha mesa, desenhando no caderno novo, quando ela entrou na sala, uma trança de cada lado, as mãos segurando firme as alças de uma bolsa grossa de couro, um olhar curioso. Levantei o rosto e os nossos olhares se cruzaram, ela abriu um sorriso amplo, escancarado, eu não tive opção, involuntariamente respondi com um sorriso também. Ela entendeu meu sorriso como um convite, sentou ao meu lado, me estendeu a mão, "Oi, eu sou Margarida, e você?" E eu estendi a mão, reagindo, sempre só reagindo, quando isso começou? Ela segurou a minha mão com força, apertou, como quem sela um grande acordo de negócios, e daquele dia em diante não nos desgrudamos mais. Passávamos o recreio juntas, fazíamos roupinhas para as nossas bonecas, dávamos o nome para os filhos que teríamos, e a escola ficou mais divertida e engraçada, a gente foi crescendo, se juntando, ficando grudadas até que a família dela se mudou, o pai era militar, volta e meia chegava uma transferência para outra cidade, outro estado, e a família inteira seguia, porque é assim que as coisas funcionam e fim de história. Tínhamos onze anos quando ela foi embora e hoje, te escrevendo, não tenho certeza se o nome dela era Margarida mesmo, ou Magali, começava com "Ma", disso tenho convicção. Escrevemos cartas uma para a outra por um tempo, mas as cartas ficaram cada vez mais raras e, de repente, pararam de chegar – ou será que fui eu quem parou de enviar? Ela foi tão importante pra mim, depois nos tornamos desimportantes uma pra outra, e eu já não sei se está viva, se os filhos que tanto sonhou nasceram, se realmente viajou o mundo todo como sempre quis.

Passei anos tendo colegas próximas, brincando com as primas, mas sem ter uma amiga como ela, até que conheci a sua tia Fernanda, nos aproximamos na universidade, estudávamos juntas, sonhávamos com os nossos grandes escritórios em grandes avenidas, com os nossos casamentos e os nossos filhos, mas não imaginávamos que seria justamente a realização desses sonhos que nos tomaria tempo, muito tempo, e que os nossos encontros ficariam cada vez mais raros. A cada filho que nascia o tempo diminuía, e manter o trabalho e a casa limpa e as roupas passadas, os remédios comprados e os maridos funcionando tomava muito, muito tempo, às vezes eu queria ligar e contar que as coisas estavam difíceis, que eu sentia falta dela e de vermos um filme juntas, de deitarmos na mesma cama, conversando até adormecer. Mas seria ridículo, como duas mulheres adultas, casadas e mães deixariam os filhos e maridos em casa apenas para se encontrar e conversar? Esse nível de amizade não cabe à medida que crescemos e nos tornamos adultas responsáveis. Se não estávamos trabalhando, precisávamos reparar a nossa ausência, não estar cem por cento com os filhos e com o marido e com a casa é uma falha grave, imperdoável, precisávamos ser perdoadas, minha filha, então nosso tempo livre era ocupado pela família e pela culpa, e nunca estávamos livres para nós mesmas ou uma para a outra.

    Nos víamos às pressas, em um domingo em que as agendas dos maridos e dos filhos permitiam, nossos encontros dependiam da disposição deles, da falta de festas de aniversário de amiguinhos ou de visitas às nossas mães e pais. Às vezes almoçávamos rapidamente entre uma reunião e outra, mas evitávamos os temas difíceis demais, porque eles pediriam tempo – esse artigo de luxo. Por anos menti para mim mesma, afirmei que saber que ela estava lá, que existia, era o suficiente, que a vida adulta é assim mesmo, a gente fala menos da gente e a alegria fica mais escassa. Mas não acredite nisso, Iza, a gente precisa de amor atuante, de colo presente, de proximidade, de escutar a voz, de sentir o cheiro, de gargalhar juntas, adiamos os encontros e não percebemos a opacidade que se espalha pela vida.

    Quando chegamos ao jardim do sobrado da Marlene, ela e mais três mulheres nos aguardavam, riam alto, sentadas em uma roda pequena e aconchegante. "Estávamos esperando por vocês", ela disse, e as outras se levantaram para se apresentar. Lídia tinha sessenta e três anos, não era casada e não tinha filhos, era vizinha e amiga da Marlene havia mais de quarenta anos. Era alta, a velha mais alta que já vi, usava os longos cabelos grisalhos em uma trança, calça jeans, camiseta de algodão e Crocs. Jô era uma viúva de setenta e dois anos, paciente em remissão da dra. Lívia, aposentada, frequentava o grupo desde o primeiro livro lido, as rugas dos olhos se misturavam à bochecha caída, o que lhe dava um ar bondoso e triste, era magra e ágil, com movimentos firmes que contrariavam a sua aparência frágil. Márcia me disse que era a caçula do grupo, tinha cinquenta e cinco anos, cuidou da casa por toda a vida, até que o marido começou a namorar uma menina de trinta anos e decidiu que já não fazia sentido permanecerem juntos. Recebia uma pensão generosa, que ela chamava de indenização. Era baixinha, tinha bochechas grandes que pareciam apertar ainda mais os olhos puxados que herdara da parte oriental da família.

Sentei em um canto, decidi que falaria pouco, observaria o grupo e, na primeira oportunidade, chamaria a sua tia para ir embora e nunca mais voltar, mas começamos a falar do livro, da Celie e da Shug Avery, e eu me empolguei e ri e chorei com elas. Eu não sabia que seria tão bom falar de um livro assim, em algumas horas não falávamos mais do livro, mas de nós, das nossas infâncias, das nossas relações, e abrimos mais uma garrafa de vinho. Eu era uma *eu* tão diferente perto delas que o meu coração se acalmou e se animou ao mesmo tempo. Saímos, sua tia e eu, falantes e animadas com a próxima reunião agendada para dali a dois meses. Mas Marlene não nos deixou dois meses separadas, nos colocou em um grupo no WhatsApp, nos falávamos com frequência e cada passo do tratamento da sua tia foi acompanhado, dividido e amparado por elas. Foi nesse grupo que gestamos juntas essa viagem, pensamos no roteiro, escolhemos as roupas, como adolescentes que vão à primeira festa juntas. A expectativa da viagem nos acalentou quando os enjoos pós-quimioterapia vieram, quando o cansaço nos sobrecarregou, quando odiamos Deus e toda divindade que nos permitiu viver tamanho caos. Não sei o que seria dessa fase da nossa vida sem elas, minha filha.

A convivência com seu pai ficou menos insuportável, não porque nos entendíamos melhor, mas porque aceitei que não éramos mais nada além de colegas de casa, velhos conhecidos que dividem as contas, algumas amarguras e uma história. Não há relação que nos dê tudo de que precisamos, impossível que uma única pessoa nos preencha tanto. No entanto, a gente casa e acredita que tem que ter todos os vazios preenchidos pelo amor aos filhos, ao marido e aos sonhos. E na realidade o vazio só cresce e cresce, e a gente se dá mais, desesperada, achando que é o que falta, doação e entrega, mas não adianta, nada adianta, o ressentimento vaza e contamina tudo. A chegada das meninas na minha vida me deu tanto, e eu, que estava tão acostumada a dar, nem sabia o que era receber, já não lembrava como eram as relações em que o cuidado era uma via de mão dupla.

Quando decidimos viajar, eu comuniquei ao seu pai, "Vou viajar com a Carla e as meninas do clube", ele não me perguntou nada, disse um "boa viagem" insosso, fez cara de coitado. Acho que o envelhecimento está chegando para ele de um jeito diferente, vive se sentindo passado pra trás pelos colegas jovens, antenados nas novas tecnologias, fica enlouquecido quando se vê velho e menos viril. Conta histórias do passado o tempo inteiro, já não dá plantões, parece definhar, mas eu nada tenho a ver com isso, mandei à merda o olhar de coitado. Quando viu que não me despertou piedade, me perguntou se eu passaria um mês sem ver a sua filha, Iza. Ele quis me aprisionar ao papel de avó, como fui aprisionada ao de mãe. "Sim, vou, e o mundo não vai acabar por isso", eu disse cheia de certeza e convicção, acreditando em cada palavra dita. De lá pra cá, temos conversado mais, de maneira despretensiosa, mas ainda tão distantes do que fomos um dia! Talvez o nosso casamento seja um fardo que carregaremos juntos para sempre, um elo enferrujado e deteriorado, daqueles que travam e, luídos, nem atam nem desatam mais.

Mas não quero falar do seu pai, ou do meu casamento, as minhas cangas estão na mala, o passaporte está na bolsa, minhas amigas me esperam no aeroporto, o táxi está chegando, a Carla já me enviou cinco mensagens nos últimos minutos, a vida se abre no próximo passo. Cansei de ter só o passado.

Tenha amigas, minha filha.

Tenha amigas.

Sexta-feira, 19 de junho de 2043.

Encontrei os diários da minha mãe há dois anos, enquanto arrumava as roupas que seriam doadas. Ela insistia em chamá-los de cartas direcionadas a mim, mas não eram, cada palavra foi escrita para não ser lida por ninguém, não as imagino saindo da boca da dona Cristina. Reli inúmeras vezes, Tereza. Tentei relembrar cada fato do lugar onde estou, do lugar onde estive, mas estou com cinquenta e nove anos, e o tempo passou rápido, cada situação mudou muito de lá pra cá. Certa vez eu li um livro que dizia que só acessamos uma memória uma vez, na segunda acessamos a memória da memória, e depois a memória da memória da memória, e assim as camadas vão se acumulando, como a poeira que a sua avó tanto odiava que assentasse nos móveis. O que realmente aconteceu será um mistério, um eterno mistério.

Acordei com vontade de entregar a sua avó a você, torcendo que depois de lê-la possamos conversar sobre quem ela foi para mim, para você, para ela mesma, que possamos falar das nossas histórias, dessa linhagem de mulheres que se forma, a minha mãe, eu, você, suas duas filhas, as que vieram antes da primeira que escreveu, as que virão depois do que falarmos, o poder do que é dito e não dito entre nós.

Não tenho paciência para escrever tanto, você me conhece, então te resumirei parte da minha versão da história, sucinta como sou, insuportavelmente direta, como você tantas vezes já me rotulou. Sobre as dúvidas que ficarem, conversaremos com um bom vinho de companhia, não me recuso a te ofertar detalhes, basta que me peça. A sua avó foi a pessoa que mais amei e odiei, que mais vezes me empurrou em um vale de angústia, mágoa, acolhimento e segurança, tudo absurdamente misturado. Chorei de amor e raiva, de vontade de dar colo e de mandá-la para o inferno acompanhando a mulher que não conheci. Por que nunca conversou comigo? Por que resolveu guardar tudo para si e me deixar convivendo apenas com a carência e a amargura? Quem era essa, Tereza, que algumas vezes se mostrou para você, que escreveu esse diário, mas que nunca se apresentou para mim?

Confesso que tenho poucas lembranças da infância e da adolescência, lembro da saída do meu pai de casa, do silêncio impregnado nas paredes, de fingirmos que aquela ausência era normal, da minha mãe oscilando entre uma tristeza profunda e uma total indiferença, ambas me irritavam profundamente, pra ser sincera, eu vivia um tanto enraivecida. A juventude nos faz dar importância demais a coisas pequenas, eu nem sei dizer o que esperava dela, seja lá o que for, ela não me dava. Gosto de palavras, de coisas ditas, sua avó nunca foi boa de verdade com elas, usava as palavras para me criticar e falar da casa, da roupa, da luz acesa ou apagada, e eu queria falar mais, mesmo que escutar não fosse o meu maior talento. Lendo o que ela escrevia sobre a minha avó, tenho a sensação de que tivemos mães muito parecidas, como pode?, ela tentou tanto ser diferente da mãe e foi tão semelhante! Eu tento tanto ser diferente dela, mas não sei se consegui, e que coisa injusta essa ansiedade em ser diferente de alguém, em construir uma personalidade que é só oposição, o mais insano ainda é pensar que eu trocaria alguns anos da minha vida para tê-la aqui por mais tempo, que eu desejaria que ela vivesse até os noventa, os cem, que estivesse aqui criticando meus cabelos e me dizendo como devo ser a sua mãe.

A avó divertida que te contava histórias das viagens com as amigas era uma estranha pra mim, despertávamos as chatices mais enraizadas uma na outra, tentávamos falar sobre coisas divertidas, mas de repente eu estava perguntando se ela estava tomando os remédios no horário certo, se estava atenta aos roubos nas ruas, se foi ao geriatra como me prometeu, ela finalmente aprendendo a viver e eu lembrando que era uma velha e que estava vivendo demais na época errada. Em minha defesa, eu enxergava nela uma fragilidade preocupante, queria protegê-la, fazê-la durar mais e mais e mais, não era por mal. Incentivei você a viajar, a conhecer o mundo, a viver tudo que sentisse vontade, mas eu te preparei para isso, e a sua avó não estava pronta para encarar a vida com a força necessária, então eu queria ensiná-la, e ela se irritava, me dizia que eu a infantilizava, mas não era eu, era ela quem não enxergava a própria infantilidade.

Devo ser uma feminista de merda, porque mesmo percebendo a sobrecarga da minha mãe e enxergando os motivos do mau humor dela, o peso que carregava nos ombros, eu preferia estar com o meu pai, eu amava as piadas que ele fazia, amava o jeito que acarinhava o meu cabelo, e me sentia orgulhosa quando me dizia que eu era uma mulher incrível e uma mãe exemplar, mesmo que a mãe-exemplo para ele fosse a que não existia para si mesma. Era fácil chegar em casa e ser recebida com o sorriso escancarado na pele caramelo, escutar as histórias de quando eu era criança e as saudades que ele tinha, mas era mais fácil ele sentir saudades e guardar as lembranças mais leves, eu sei disso. O sentimento diz foda-se para o que eu sei, eu gostava do fácil e leve e gostoso, entende?

Seu avô caiu do telhado, eu senti ódio dele por querer mexer em telhas sozinho, aos setenta anos, uma morte ridícula, eu sabia que homens jovens frequentemente morrem por mortes evitáveis, mas um velho não faz sentido. Em poucos meses a sua avó sorria mais alto pela casa e gargalhava com mais frequência, as amigas dormiam no quarto que era dele e eu não conseguia aceitar que aquela Cristina tivesse se escondido de mim por tanto tempo, não pude ter meu pai leve e alegre e a minha mãe leve e alegre juntos. Quando ele morreu, me disseram que ela iria definhar, que dois velhos que vivem juntos tanto tempo não dão conta de seguir a vida um sem o outro, um enfermeiro me contou do cachorro que morreu quando o pai dele morreu, a paixão o matou de tristeza, ele me disse para cuidar da minha mãe, e eu realmente acreditei que ela adoeceria, mesmo sabendo que eles não se gostavam, mesmo não entendendo como aquele casamento ainda existia, mesmo torcendo que um dia se separassem e vivessem cada um em seu canto. O que aconteceu foi o oposto, a morte dele abriu espaço para mais vida para ela, e ela sorria mais, eu nem sabia direito quem era aquela.

Quando encontrei este diário, me perguntei se ela escreveu mais algum, se os pensamentos foram derramados em um papel ou se as amigas supriram o desejo de falar e ser ouvida. Não há rastro da vida que se abriu quando completou sessenta anos, já decorei o detalhes das fotos, as pessoas que aparecem, os gestos e os sorrisos dela, já liguei para as amigas e pedi que contextualizassem as imagens e as histórias, mas o que elas me contam não é compatível com a Cristina que conheço, então imagino, crio e preencho os vazios com o pouco que sei.

Pensei em te escrever uma carta com mais detalhes, Tereza, mas falo melhor te olhando nos olhos, aprendi a te amar de outros jeitos, ainda bem.

Minha mãe morreu com mais de oitenta anos, dormindo, como sempre disse que seria.

Nestas páginas está um pouco da vida dela. Da vida de todas nós.

É isso, pretinha. Amo você.

Beijos,
Maria Izabel

Agradecimentos

A Cristina me sussurrou a sua história inesperadamente. Acordei com um rebuliço interno, uma agonia, uma comichão que só a escrita me provoca. Abri o computador ansiosa, derramei o primeiro capítulo em um único jorro. Enviei para a minha irmã, para algumas amigas e para Livia, minha editora querida. "Meu Deus, de onde veio isso?", algumas me perguntaram. "Como assim até ontem você não sabia que ia escrever uma história dessas?" A resposta é simples e complexa: não sei. Não sei de onde a história veio, não sei por que motivo vinte e quatro horas antes de começar a escrevê-la eu não fazia ideia da sua existência. Sei apenas que no instante em que iniciei a escrita me apaixonei por cada detalhe.

Agradeço a todas as mulheres com quem convivo e convivi. A Cristina não é nenhuma delas, especificamente, mas guarda um tanto de todas nós.

À minha mãe, que tanto me ensinou e ensina, que me impulsiona e acarinha, que pavimentou o chão que hoje piso. Que sorte a minha nascer de uma linhagem de mulheres sertanejas fortes e incríveis.

À minha irmã, Déborah, que lê pedaços soltos do texto nos momentos mais variados do dia, que me dá opiniões sinceras, que chora e sorri ao meu lado, mesmo que dois mil quilômetros frequentemente nos separem.

Aos meus filhos, Miguel e Helena, por serem quem são, por me fazerem crescer enquanto crescem, por cada chamego, colo e dengo que trocamos. Amo ser a mãe de vocês.

Ao meu marido, Isaac, por escutar os meus anseios e medos durante a escrita, pelo apoio, carinho e suporte constantes. Meu apego seguro.

Ao meu pai, por todos os "Vai, filha, você consegue!" que me disse ao longo da jornada. Sua coragem alimentou e alimenta a minha.

Às minhas amigas, que me constroem e reconstroem em cada encontro, riso, lágrima, suporte, colo. Mulheres precisam de mulheres, e eu tenho muitas delas por perto. Que privilégio!

À Natalia Araújo, Tatiana Ribeiro, Daniela Leal, Iana Villela e Ana Luzia, pelas leituras, pelas identificações, por me ajudarem a acreditar na Cristina e em mim.

À Mônica Ribeiro, minha empresária e amiga, que entende a importância da escrita em minha vida, que me ajuda a fazer mágica com a agenda para priorizar o que me mantém sã. Por potencializar as minhas potências.

À Livia, minha editora e amiga, que leu a Cristina enquanto esperava a chegada do Caetano – editar este livro estando grávida não deve ter sido uma tarefa fácil –, que acredita na minha escrita, que me apoia, escuta e torce verdadeiramente por mim. Por bancar a leitora má, quando necessário, e me ajudar a crescer!

Ao Féres, por mais uma leitura cuidadosa, gentil e atenta. O livro se aprimora ao passar por suas mãos.

A quem me lê, me acompanha, me envia mensagens e torna a escrita um lugar menos solitário.

Obrigada, obrigada e obrigada!

Este livro foi composto na tipografia Dante MT Std,
em corpo 12/16,5, e impresso em
papel off-white no Sistema Cameron da
Divisão Gráfica da Distribuidora Record.